最朴素的生活和最遥远的梦想

胡适 等◎著

北京联合出版公司
Beijing United Publishing Co.,Ltd.

图书在版编目（CIP）数据

最朴素的生活和最遥远的梦想 / 胡适等著 . — 北京 : 北京联合出版公司 , 2016.4（2024.4重印）

（极简的阅读）

ISBN 978-7-5502-7359-7

Ⅰ . ①最… Ⅱ . ①胡… Ⅲ . ①散文集—中国—现代②散文集—中国—当代 Ⅳ . ① I266

中国版本图书馆 CIP 数据核字（2016）第058653号

最朴素的生活和最遥远的梦想

作　　者：胡　适等
责任编辑：管　文
特约编辑：黄川川
版权支持：张　婧

北京联合出版公司出版
(北京市西城区德外大街 83 号楼 9 层　100088)
三河市万龙印装有限公司印刷　新华书店经销
字数：143 千字　787mm×1092mm　1/32　印张：7
2016 年 5 月第 1 版　2024 年 4 月第 16 次印刷
ISBN 978-7-5502-7359-7
定价：30.00 元

极简的阅读

时移境迁，浮光掠影

他们的文字，穿越时空，抚慰你我，引领前行

目录

wǒ de kǔ xué jīng yàn
我的苦学经验

丰子恺

独有非正式求学时代的读书，十年来一直随伴着我，慰藉我的寂寥，扶持我的生活。

花开富贵之四 40×40cm 2015年

我于一九一九年，二十二岁的时候，毕业于杭州的浙江省立第一师范学校。这学校是初级师范。我在故乡的高等小学毕业，考入这学校，在那里肄业五年而毕业。故这学校的程度，相当于现在的中学校，不过是以养成小学教师为目的的。

但我于暑假时在这初级师范毕业后，既不做小学教师，也不升学，却就在同年的秋季，来上海创办专门学校，而做专门科的教师了。这种事情，现在我自己回想想也觉得可笑。但当时自有种种的因缘，使我走到这条路上。因缘者何？因为我是偶然入师范学校的，并不是抱了做小学教师的目的而入师范学校的。（关于我的偶然入师范，现在属于题外，不便详述。异日拟另写一文，以供青年们投考的参考。）故我在校中只是埋头攻学，并不注意于教育。在四年级的时候，我的兴味忽然集中在图画上了。甚至抛弃其他一切课业而专习图画，或托事请假而到西湖上去作风景写生。所以我在校的前几年，学期考试的成绩屡列第一名，而毕业时已降至第二十名。因此毕业之后，当然无意于做小学教师，而希望发挥自己所热衷的图画。但我的家境不许我升学而专修绘画。正在踌躇之际，恰好有同校的高等师范图画手工专修科毕业的吴梦非君，和新从日本研究音乐而归国的旧同学刘质平君，计议在上海创办一个养成图画音乐手工教员的学校，名曰专科师范学校。他们正在招求同人。刘君知道我热衷于图画而又无法升学，就来拉我去帮办。我也不自量力，贸然地答允了他。于是我就做了专科师范的创办人之一，而在这学校之中教授西洋画等课了。这当然是很勉强的事。

我所有关于绘画的学识，不过在初级师范时偷闲画了几幅木炭石膏模型写生，又在晚上请校内的先生教些日本文，自己向师范学校的藏书楼中借得一部日本明治年间出版的《正则洋画讲义》，从其中窥得一些陈腐的绘画知识而已。我犹记得，这时候我因为自己只有一点对于石膏模型写生的兴味，故竭力主张“忠实写生”的画法，以为绘画以忠实模写自然为第一要义。又向学生演说，谓中国画的不忠于写实，为其最大的缺点；自然中含有无穷的美，唯能忠实于自然模写者，方能发见其美。就拿自己在师范学校时放弃了晚间的自修课而私下在图画教室中费了十七小时而描成的 Venus（维纳斯）头像的木炭画揭示学生，以鼓励他们的忠实写生。当一九二〇年的时代，而我在上海的绘画专门学校中励行这样的画风，现在回想起来，真是闭门造车。然而当时的环境，颇能容纳我这种教法。因为当时中国宣传西洋画的机关绝少，上海只有一所美术专门学校，专科师范是第二个兴起者。当时社会上人士，大半尚未知道西洋画为何物，或以为美女月份牌就是西洋画的代表，或以为香烟牌子就是西洋画的代表。所以在世界上看来我虽然是闭门造车，但在中国之内，我这种教法大可卖野人头呢。但野人头终于不能常卖，后来我渐渐觉得自己的教法陈腐而有破绽了，因为上海宣传西洋画的机关日渐多起来，从东西洋留学归国的西洋画家也时有所闻了。我又在上海的日本书店内购得了几册美术杂志，从中窥知了一些最近西洋画界的消息，以及日本美术界的盛况，觉得从前在《正则洋画讲义》中所得的西洋画知识，实在太陈腐而狭小了。虽然别的绘画学校并不见有比我更新的教法，归国的美术家也并没有什么发表，但我对于自己的信用已渐渐丧失，不敢再在教室中扬眉瞬目而卖野人头了。我懊悔自己冒昧地当了这教师。我在布置静物写生标本的时候，曾为了一只青皮的橘子而起自伤之念，以为我自己犹似一只半生半熟的橘子，现在带着青皮卖掉，给人家当作习画标本了。

我想窥见西洋画的全豹，我也想到东西洋去留学，做了美术家而归国。但是我的境遇不许我留学。况且我这时候已经有了妻子。做教师所得的钱，赡养家庭尚且不够，哪里来留学的钱呢？经过了许久烦恼的日月，终于决定非赴日本不可。

我在专科师范中当了一年半的教师，在一九二一年的早春，向我的姊丈周印池君借了四百块钱（这笔钱我才于二三年前还他。我很感谢他第一个惠我的同情），就抛弃了家庭，独自冒险地到东京去了。得去且去，以后的问题以后再说。至少，我用完了这四百块钱而回国，总得看一看东京美术界的状况了。

但到了东京之后，就有许多关切的亲戚朋友，设法接济我的经济。我的岳父给我约了一个一千元的会，按期寄洋钱给我，专科师范的同人吴刘二君，亦各以金钱相遗赠，结果我一共得了约二千块钱，在东京维持了足足十个月的用度，到了同年的冬季，金尽而返国。这一去称为留学嫌太短，称为旅行嫌太长，成了三不像的东西。同时我的生活也是三不像的。我在这十个月内，前五个月是上午到洋画研究会中去习画，下午读日本文。后五个月废止了日本文，而每日下午到音乐研究会中去学提琴，晚上又去学英文。然而各科都常常请假，拿请假的时间来参观展览会，听音乐会，访图书馆，看 opera（歌剧），以及游玩名胜，钻旧书店，跑夜摊（yomise）。因为这时候我已觉悟了各种学问的深广，我只有区区十个月的求学时间，决不济事。不如走马看花，吸呼一些东京艺术界的空气而回国吧。幸而我对于日本文，在国内时已约略懂得一点，会话也早已学得了几声。到东京后，旅舍中唤茶、商店中买物等事，勉强能够对付。我初到东京的时候，随了众同国人入东亚预备学校学习日语，嫌其程度太低，教法太慢，读了几个礼拜就辍学。自己异想天开，为了学习日本语的目的，向一个英语学校的初级班报名，每日去听讲两小时。他们是从 A boy,A dog（一个男孩，一只狗）教起的，所用的英文教本与开明第一英文读本程度相同。对于英文我已完全懂得，我的目的是要听这位日本先生怎样地用日本语来解说我所已懂得的英文，便在这时候偷取日本语会话的诀窍，这异想天开的办法果然成功了。

我在那英语学校里听了一个月讲，果然于日语会话及听讲上获得了很多的进步。同时看书的能力也进步起来。本来我只能看《正则洋画讲义》一类的刻板的叙述体文字，现在连《不如归》和《金色夜叉》（日本旧时很著名的两部小说）都会读了。我的对于文学的兴味，是从这时候开始的。以后我就为了学习英语的目的而另入一英语学校。我报名入最高的一班，他们教我读伊尔文的 Sketch Book。这时候我方才知道英文中有这许多难记的生字（我在师范学校毕业时只读到《天方夜谭》）。兴味一浓，我便嫌先生教得太慢。后来在旧书店里找到了一册 Sketch Book 讲义录，内有详细的注解和日译文，我确信这可以自修，便辍了学，每晚伏在东京的旅舍中自修 Sketch Book。我自己限定于几个礼拜之内把此书中所有一切生字抄写在一张图画纸上，把每字剪成一块块的纸牌，放在一只匣子中。每天晚上，像摸数算命一般地向匣子中探摸纸牌，温习生字。不久生字都记诵，Sketch Book全部都会读，而读起别的英语小说来也很自由了。路上遇见英语学校的同学，询知道他们只教了全书的几分之一，我心中觉得非常得意。从此我对于学问相信用机械的方法而下苦功。知识这样东西，要其能够于应用，分量原是有限的。我们要获得一种知识，可以先定一个范围，立一个预算，每日学习若干，则若干日可以学毕，然后每日切实地实行，非大故不准间断，如同吃饭一样。照我当时的求学的勇气预算起来，要得各种学问都不难：东西洋知名的几册文学大作品，我可以克日读完；德文法文等，我都可以依赖各种自修书而在最短时期内学得读书的能力；提琴教则本《Homahmn》(《霍曼》) 五册，我能每日练习四小时而在一年之内学毕；除了绘画不能硬要进步以外，其余的学问，在我都可以用机械的用功方法来探求其门径。然而这都是梦想，我的正式求学的时间只有十个月，能学得几许的学问呢？我回国之后，回想在东京所得的，只是描了十个月的木炭画，拉完了三本《Homahmn》，此外又带了一些读日本文和读英文的能力而回国。回国之后，我为了生活和还债，非操职业不可。没有别的职业可操，只得仍旧做教师。一直做到了今年的秋季。十年来我不断地在各处的学校中做图画音乐或艺术理论的教师。一场重大的伤寒病令我停止了教师的生活。现在蛰居在嘉兴的穷巷老屋中，伴着了药炉茶灶而写这篇稿子。

故我出了中学以后，正式求学的时期只有可怜的十个月。此后都是非正式的求学，即在教课的余暇读几册书而已。但我的绘画音乐的技术，从此日渐荒废了。因为技术不比别的学问，需要种种的设备，又需要每日不断的练习时间。研究绘画须有画室，研究音乐须有乐器，设备不周就无从用功。停止了几天，笔法就生疏，手指就僵硬。做教师的人，居处无定，时间又无定，教课准备又忙碌，虽有利用课余以研究艺术的梦想，但每每不能实行。日久荒废更甚。我的油画箱和提琴，久已高搁在书橱的最高层，其上积着寸多厚的灰尘了。手痒的时候，拿毛笔在废纸上涂抹，偶然成了那种漫画。口痒的时候，在口琴上吹奏简单的旋律，令家里的孩子们和着了唱歌，聊以慰藉我对于音乐的嗜好。世间与我境遇相似而酷嗜艺术的青年们，听了我的自述，恐要寒心吧！

但我幸而还有一种可以自慰的事，这便是读书。我的正式求学的十个月，给了我一些阅读外国文的能力。读书不像研究绘画音乐地需要设备，也不像研究绘画音乐地需要每日不断的练习。只要有钱买书，空的时候便可阅读。我因此得在十年的非正式求学期中读了几册关于绘画、音乐艺术等的书籍，知道了世间的一些些事。我在教课的时候，常把自己所读过的书译述出来，给学生们做讲义。后来有朋友开书店，我乘机把这些讲义稿子交他刊印为书籍，不期地走到了译著的一条路上。现在我还是以读书和译著为生活。回顾我的正式求学时代，初级师范的五年只给我一个学业的基础，东京的十个月间的绘画音乐的技术练习已付诸东流。独有非正式求学时代的读书，十年来一直随伴着我，慰藉我的寂寥，扶持我的生活。这真是以前所梦想不到的偶然的结果。

我的一生都是偶然的，偶然入师范学校，偶然欢喜绘画音乐，偶然读书，偶然译著，此后正不知还要逢到何种偶然的机缘呢。

读我这篇自述的青年诸君！你们也许以为我的读书生活是幸运而快乐的；其实不然，我的读书是很苦的。你们都是正式求学，正式求学可以堂堂皇皇地读书，这才是幸运而快乐的。但我是非正式求学，我只能伺候教课的余暇而偷偷隐隐地读书。做教师的人，上课的时候当然不能读书，开议会的时候不能读书，监督自修的时候也不能读书，学生课外来问难的时候又不能读书，要预备明天的教授的时候又不能读书。担任了它一小时的功课，便是这学校的先生，便有参加议会、监督自修、解答问难、预备教授的义务；不复为自由的身体，不能随了读书的兴味而读书了。我们读书常被教务所打断，常被教务所分心，决不能像正式求学的诸君的专一。所以我的读书，不得不用机械的方法而下苦功，我的用功都是硬做的。

我在学校中，每每看见用功的青年们，闲坐在校园里的青草地上，或桃花树下，伴着了蜂蜂蝶蝶、燕燕莺莺，手执一卷而用功。我羡慕他们，真像潇洒的林下之士！又有用功的青年们，拥着棉被高枕而卧在寝室里的眠床中，手执一卷而用功。我也羡慕他们，真像耽书的大学问家！有时我走近他们去，借问他们所读为何书，原来是英文数学或史地理化，他们是在预备明天的考试。这使我更加要羡慕煞了。他们能用这样轻快闲适的态度而研究这类知识科学的书，岂真有所谓“过目不忘”的神力么？要是我读这种书，我非吃苦不可。我须得埋头在案上，行种种机械的方法而用笨功，以硬求记诵。诸君倘要听我的笨话，我愿把我的笨法子一一说给你们听。

在我，只有诗歌、小说、文艺，可以闲坐在草上花下或奄卧在眠床中阅读。要我读外国语或知识学科的书，我必须用笨功。请就这两种分述之。

第一，我以为要通一国的国语，须学得三种要素，即构成其国语的材料、方法，以及其语言的腔调。材料就是“单语”，方法就是“文法”，腔调就是“会话”。我要学得这三种要素，都非行机械的方法而用笨功不可。

“单语”是一国语的根底。任凭你有何等的聪明力，不记单语决不能读外国文的书，学生们对于学科要求伴着趣味，但谙记生字极少有趣味可伴，只得劳你费点心了。我的笨法子即如前所述，要读 Sketch Book，先把 Sketch Book 中所有的生字写成纸牌，放在匣中，每天摸出来记诵一遍。记牢了的纸牌放在一边，记不牢的纸牌放在另一边，以便明天再记。每天温习已经记牢的字，勿使忘记。等到全部记诵了，然后读书，那时候便觉得痛快流畅。其趣味颇足以抵偿摸纸牌时的辛苦。我想熟读英文字典，曾统计字典上的字数，预算每天记诵二十个字，若干时日可以记完。但终于未曾实行。倘能假我数年正式求学的日月，我一定已经实行这计划了。因为我曾仔细考虑过，要自由阅读一切的英语书籍，只有熟读字典是最根本的善法。后来我向日本购买一册《和英根底一万语》，假如其中一半是我所已知的，则每天记二十个字，不到一年就可记完，但这计划实行之后，终于半途而废。阻碍我的实行的，都是教课。记诵《和英根底一万语》的计划，现在我还保留在心中，等候实行的机会呢。我的学习日本语，也是用机械的硬记法。在师范学校时，就在晚上请校中的先生教日语。后来我买了一厚册的《日语完壁》，把后面所附的分类单语，用前述的方法一一记诵。当时只是硬记，不能应用，且发音也不正确；后来我到了日本，从日本人的口中听到我以前所硬记的单语，实证之后，我脑际的印象便特别鲜明，不易忘记。这时候的愉快也很可以抵偿我在国内硬记时的辛苦。这种愉快使我甘心消受硬记的辛苦，又使我始终确信硬记单语是学外国语的最根本的善法。

关于学习“文法”，我也用机械的笨法子。我不读文法教科书，我的机械的方法是“对读”。例如拿一册英文圣书和一册中文圣书并列在案头，一句一句地对读。积起经验来，便可实际理解英语的构造和各种词句的腔调。圣书之外，他种英文名著和名译，我亦常拿来对读。日本有种种英和对译丛书，左页是英文，右页是日译，下方附以注解。我曾从这种丛书得到不少的便利。文法原是本于论理的，只要论理的观念明白，便不学文法，不分 noun（名词）与 verb（动词）亦可以读通英文。但对读的态度当然是要非常认真。须要一句一字地对勘，不解的地方不可轻轻通过，必须明白了全句的组织，然后前进。我相信认真地对读几部名作，其功效足可抵得学校中数年英文教科。——这也可说是无福享受正式求学的人的自慰的话；能入学校中受先生教导，当然比自修更为幸福。我也知道入学是幸福的，但我真犯贱，嫌它过于幸福了。自己不费钻研而袖手听讲，由先生拖长了时日而慢慢地教去，幸福固然幸福了，但求学心切的人怎能耐烦呢？求学的兴味怎能不被打断呢？学一种外国语要拖长许久的时日，我们的人生有几回可供拖长呢？语言文字，不过是求学问的一种工具，不是学问的本身。学些工具都要拖长许久的时日此生还来得及研究几许学问呢？拖长了时日而学外国语，真是俗语所谓“拉得被头直，天亮了！”我固然无福消受入校正式求学的幸福；但因了这个理由，我也不愿消受这种幸福，而宁愿独自来用笨功。

关于“会话”，即关于言语的腔调的学习，我又喜用笨法子。学外国语必须通会话。与外国人对晤当然须通会话，但自己读书也非通会话不可。因为不通会话，不能体会语言的腔调；腔调是语言的神情所寄托的地方，不能体会腔调，便不能彻底理解诗歌小说戏剧等文学作品的精神。故学外国语必须通会话。能与外国人共处，当然最便于学会话。但我不幸而没有这种机会，我未曾到过西洋，我又是未到东京时先在国内自习会话的。我的学习会话，也用笨法子，其法就是“熟读”。我选定了一册良好而完全的会话书，每日熟读一课，克期读完。熟读的方法更笨，说来也许要惹人笑。我每天自己上一课新书，规定读十遍。计算遍数，用选举开票的方法，每读一遍，用铅笔在书的下端画一笔，便凑成一个字。不过所凑成的不是选举开票用的“正”字，而是一个“读[1]”字。例如第一天读第一课，读十遍，每读一遍画一笔，便在第一课下面画了一个“言”字旁和一个“士”字头。第二天读第二课，亦读十遍，亦在第二课下面画一个“言”字和一个“士”字，继续又把昨天所读的第一课温习五遍，即在第一课的下面加了一个“四”字。第三天在第三课下画一“言”字和“士”字，继续温习昨日的第二课，在第二课下面加一“四”字，又继续温习前日的第一课，在第一课下面再加了一个“目”字。第四天在第四课下面画一“言”字和一“士”字，继续在第三课下加一“四”字，第二课下加一“目”字，第一课下加一“八”字，到了第四天而第一课下面的“读”字方始完成。这样下去，每课下面的“读”字，逐一完成。“读”字共有二十二笔，故每课共读二十二遍，即生书读十遍，第二天温五遍，第三天又温五遍，第四天再温二遍。故我的旧书中，都有铅笔画成的“读”字，每课下面有了一个完全的“读”字，即表示已经熟读了。这办法有些好处：分四天温习，屡次反复，容易读熟。我完全信托这机械的方法，每天像和尚念经一般地笨读。但如法读下去，前面的各课自会逐渐地从我的唇间背诵出来，这在我又感得一种愉快，这愉快也足可抵偿笨读的辛苦，使我始终好笨而不迁。会话熟读的效果，我于英语尚未得到实证的机会，但于日本语我已经实证了。我在国内时只是笨读，虽然发音和语调都不正确，但会话的资料已经完备了。故一听到日本人的说话，就不难就自己所已有的资

1 此处为“讀”。

料而改正其发音和语调，比较到了日本而从头学起来的，进步快速得多。不但会话，我又常从对读的名著中选择几篇自己所最爱读的短文，把它分为数段，而用前述的笨法子按日熟读。例如Stevenson（斯蒂文生）和夏目漱石的作品，是我所最喜熟读的材料。我的对于外国语的理解，和对于文学作品的理解，都因了这熟读的方法而增进一些。这益使我始终好笨而不迁了。——以上是我对于外国语的学习法。

第二，对于知识学科的书的读法，我也有一种见地：知识学科的书，其目的主要在于事实的报告；我们读史地理化等书，亦无非欲知道事实。凡一种事实，必有一个系统。分门别类，源源本本，然后成为一册知识学科的书。读这种书的第一要点，是把握其事实的系统。即读者也须源源本本地谙记其事实的系统，却不可从局部着手。例如研究地理，必须源源本本地探求世界共分几大洲，每大洲有几国，每国有何种山川形胜等。则读毕之后，你的头脑中就摄取了地理的全部学问的梗概，虽然未曾详知各国各地的细情，但地理是什么样一种学问，我们已经知道了。反之，若不从大处着眼，而孜孜从事于局部的记忆，即使你能背诵喜马拉雅山高几尺，尼罗河长几里，也只算一种零星的知识，却不是研究地理。故把握系统，是读知识学科的书籍的第一要点。头脑清楚而记忆力强大的人，凡读一书，能处处注意其系统，而在自己的头脑中分门别类，作成井然的条理；虽未看到书中详叙细事的地方，亦能知道这详叙位在全系统中哪一门哪一类哪一条之下，及其在全部中重要程度如何。这仿佛在读者的头脑中画出全书的一览表，我认为这是知识书籍的最良的读法。

但我的头脑没有这样清楚，我的记忆力没有这样强大。我的头脑中地位狭窄，画不起一览表来。倘教我闲坐在草上花下或奄卧在眠床中而读知识学科的书，我读到后面便忘记前面。终于弄得条理不分，心烦意乱，而读书的趣味完全灭杀了。所以我又不得不用笨法子。我可用一本 notebook（笔记本）来代替我的头脑，在 notebook 中画出全书的一览表。所以我读书非常吃苦，我必须准备了 notebook 和笔，埋头在案上阅读。读到纲领的地方，就在 notebook 上列表，读到重要的地方，就在 notebook 上摘要。读到后面，又须时时翻阅前面的摘记，以朗此章此节在全体中的位置。读完之后，我便抛开书籍，把 notebook 上的一览表温习数次。再从这一览表中摘要，而在自己的头脑中画出一个极简单的一览表。于是这部书总算读过了。我凡读知识学科的书，必须用 notebook 摘录其内容的一览表。所以十年以来，积了许多的 notebook，经过了几次迁居损失之后，现在的废书架上还留剩着半尺多高的一堆 notebook 呢。

我没有正式求学的福分，我所知道于世间的一些些事，都是从自己读书而得来的；而我的读书，都须用上述的机械的笨法子。所以看见闲坐在青草地上，桃花树下，伴着了蜂蜂蝶蝶、燕燕莺莺而读英文数学教科书的青年学生，或拥着棉被高枕而卧在眠床中读史地理化教科书的青年学生，我羡慕得真要怀疑！

yǎ shè
雅 舍

梁实秋

“雅舍”之陈设，只当得简朴二字，但洒扫拂拭，不使有纤尘。

连年有鱼 160×140cm 2009年 布面油彩

到四川来，觉得此地人建造房屋最是经济，火烧过的砖，常常用来做柱子，孤零零的砌起四根砖柱，上面盖上一个木头架子，看上去瘦骨嶙嶙，单薄得可怜；但是顶上铺了瓦，四面编了竹篦墙，墙上敷了泥灰，远远的看过去，没有人能说不像是座房子。我现在住的“雅舍”正是这样一座典型的房子。不消说，这房子有砖柱，有竹篦墙，一切特点都应有尽有。讲到住房，我的经验不算少，什么“上支下摘”“前廊后厦”“一楼一底”“三上三下”“亭子间”“茆草棚”“玉楼玉宇”和“摩天大厦”，各式各样，我都尝试过。我不论住在哪里，只要住得稍久，便对那房子发生感情，非不得已我还舍不得搬。这“雅舍”，我初来时仅求其能蔽风雨，并不敢存奢望，现在住了两个多月，我的好感油然而生。虽然我已渐渐感觉它并不能蔽风雨，因为有窗而无玻璃，风来则洞若凉亭，有瓦而空隙不少，雨来则渗如滴漏。纵然不能蔽风雨，“雅舍”还是自有它的个性。有个性就可爱。

“雅舍”的位置在半山腰，下距马路约有七八十层的土阶。前面是阡陌螺旋的稻田。再远望过去是几抹葱翠的远山，旁边有高粱地，有竹林，有水池，有粪坑，后面是荒僻的榛莽未除的土山坡。若说地点荒凉，则月明之夕，或风雨之日，亦常有客到，大抵好友不嫌路远，路远乃见情谊。客来则先爬几十级的土阶，进得屋来仍须上坡，因为屋内地板乃依山势而铺，一面高，一面低，坡度甚大，客来无不惊叹，我则久而安之，每日由书房走到饭厅是上坡，饭后鼓腹而出是下坡，亦不觉有大不便处。

“雅舍”共是六间，我居其二。篦墙不固，门窗不严，故我与邻人彼此均可互通声息。邻人轰饮作乐，咿唔诗章，喁喁细语，以及鼾声，喷嚏声，吮汤声，撕纸声，脱皮鞋声，均随时由门窗户壁的隙处荡漾而来，破我岑寂。入夜则鼠子瞰灯，才一合眼，鼠子便自由行动，或搬核桃在地板上顺坡而下，或吸灯油而推翻烛台，或攀援而上帐顶，或在门框桌脚上磨牙，使得人不得安枕，但是对于鼠子，我很惭愧的承认，我“没有法子”。“没有法子”一语是被外国人常常引用着的，以为这话足代表中国人的懒惰隐忍的态度。其实我的对付鼠子并不懒惰。窗上糊纸，纸一戳就破；门户关紧，而相鼠有牙，一阵咬便是一个洞洞。试问还有什么法子？洋鬼子住到“雅舍”不也是“没有法子”？比鼠子更骚扰的是蚊子。“雅舍”的蚊风之盛，是我前所未见的。“聚蚊成雷”真有其事！每当黄昏的时候，满屋里磕头碰脑的全是蚊子，又黑又大，骨骼都像是硬的。在别处蚊子早已肃清的时候，在“雅舍”则格外猖獗，来客偶不留心，则两腿伤处累累隆起如玉蜀黍，但是我仍安之，冬天一到，蚊子自然绝迹，明年夏天——谁知道我还是否住在“雅舍”！

“雅舍”最宜月夜——地势较高，得月较先，看山头吐月，红盘乍涌，一霎间，清光上射，天空皎洁，四野无声，微闻犬吠，坐客无不悄然！舍前有两株梨树，等到月升中天，清光从树间筛洒而下，地上阴影斑斓，此时尤为幽绝。直到兴阑人散，归房就寝，月光仍然逼进窗来，助我凄凉。细雨蒙蒙之际，“雅舍”亦复有趣，推窗展望，俨然米氏章法，若云若雾，一片弥漫。但若大雨滂沱，我就又惶悚不安了，屋顶湿印到处都有，起初如碗大，俄而扩大如盆，继则滴水乃不绝，终乃屋顶灰泥突然崩裂，如奇葩初绽，砉然一声而泥水下注，此刻满室狼藉，抢救无及。此种经验，已数见不鲜。

“雅舍”之陈设，只当得简朴二字，但洒扫拂拭，不使有纤尘。我非显要，故无博士文凭张挂壁间；我不业理发，故丝织西湖十景以及电影明星之照片亦均不能张我四壁。我有一几一椅一榻，酣睡写读，均已有着，我亦不复他求。但是陈设虽简，我却喜欢翻新布置。西人常常讥笑妇人喜欢变更桌椅位置，以为这是妇人天性喜变之一征。诬否且不论，我是喜欢改变的。中国旧式家庭，陈设千篇一律，正厅上是一条案，前面一张八仙桌，一边一把靠椅，两旁是两把靠椅夹一只茶几。我以为陈设宜求疏落参差之致，最忌排偶。“雅舍”所有，毫无新奇，但一物一事之安排布置俱不从俗。人入我室，即知此是我室，笠翁《闲情偶寄》之所论，正合我意。

“雅舍”非我所有，我仅是房客之一。但思“天地者万物之逆旅”，人生本来如寄，我住“雅舍”一日，“雅舍”即一日为我所有。即使此一日亦不能算是我有，至少此一日“雅舍”所能给予之苦辣酸甜，我实躬受亲尝。刘克庄词：“客舍似家家似寄。”我此时此刻卜居“雅舍”，“雅舍”即似我家。其实似家似寄，我亦分辨不清。

长日无俚，写作自遣，随想随写，不拘篇章，冠以“雅舍小品”四字，以示写作所在，且志因缘。

shí jiān jí shēng mìng

时间即生命

梁实秋

无论做什么事，健康的身体是基本条件。

花开富贵之五 50×60cm 2015年

最令人怵目惊心的一件事，是看着钟表上的秒针一下一下的移动，每移动一下就是表示我们的寿命已经缩短了一部分。再看着墙上挂着的可以一张张撕下的日历，每天撕下一张就是表示我们的寿命又缩短了一天，因为时间即生命。没有人不爱惜他的生命，但很少有人珍视他的时间，如果想在有生之年做一点什么事，学一点什么学问，充实自己，帮助别人，使生命成为有意义，不虚此生，那么就不可浪费光阴。这道理人人都懂，可很少人真能积极不懈的善于利用他的时间。

我自己是浪费了很多时间的一个人。我不打麻将，我也不经常地听戏看电影，几年中难得一次，我不长时间看电视，通常只看半个小时，我也不串门子闲聊天。有人问我：“那么你大部分时间都做了些什么呢？”我痛自反省，我发现，除了职务上的必需及人情上所不能免的活动之外，我的时间大部分都浪费了。我应该集中精力，读我所未读过的书，我应该利用所有时间，写我所要写的东西。但是我没能这样做，我的好多时间都稀里糊涂的混过去了，“少壮不努力，老大徒伤悲”。

例如我翻译莎士比亚，本来计划于课余之暇每年翻译两部，二十年即可完成，但是我用了三十年，主要的原因是懒，翻译之所以完成，主要是因为活得相当长久，十分惊险，翻译完成之后，虽然仍有工作计划，但体力渐衰，有力不从心之感。假使年轻的时候鞭策自己，如今当有较好或较多的表现。然而悔之晚矣。

再例如，作为一个中国人，经书不可不读，我年过三十才知道读书自修的重要，我披阅，我圈点，但是恒心不足，时作时辍，五十以学《易》，可以无大过矣，我如今年过八十，还没有接触过《易经》，说来惭愧。史书也很重要。我出国留学的时候，我父亲买了一套同文石印的前四史，塞满了我的行箧的一半空间，我在国外混了几年之后又把前四史原封带回来了。直到四十年后才鼓起勇气读了《通鉴》一遍，现在我要读的书太多了，深感时间有限。

无论做什么事，健康的身体是基本条件。我在学校读书的时候，有所谓的“强迫运动”，我踢破过几双球鞋，打断过几只球拍，因此侥幸维持下来最低限度的体力。老来打过几年太极拳，目前则是以散步活动筋骨而已，寄语年轻朋友，千万要持之以恒的从事运动，这不是嬉戏，不是浪费时间。健康的身体是做人做事的真正的本钱。

wǒ de lǐ xiǎng jiā tíng

我的理想家庭

老舍

院子必须很大，靠墙有几株小果木树。除了一块长方的土地，平坦无草，足够打开太极拳的。其他的地方就都种着花草——没有一种珍贵费事的，只求昌茂多花。

四季平安之六 50×60cm 2015年

一个二十多岁的小伙子，讲恋爱，讲革命，讲志愿，似乎天地之间，唯我独尊，简直想不到组织家庭——结婚既是爱的坟墓，家庭根本上是英雄好汉的累赘。及至过了三十，革命成功与否，事情好歹不论，反正领略够了人情世故，壮气就差点事儿了。虽然明知家庭之累，等于投胎为马为牛，可是人生总不过如此，多少也都得经验一番，既不坚持独身，结婚倒也还容易。于是发帖子请客，笑着开驶倒车，苦乐容或相抵，反正至少凑个热闹。到了四十，儿女已有二三，贫也好富也好，自己认头苦曳，对于年轻的朋友已经有好些个事儿说不到一处，而劝告他们老老实实的结婚，好早生儿养女，即是话不投缘的一例。到了这个年纪，设若还有理想，必是理想的家庭。倒退二十年，连这么一想也觉泄气。人生的矛盾可笑即在于此，年轻力壮，力求事事出轨，决不甘为火车；乃至中年，心理的，生理的，种种理的什么什么，都使他不但非做火车不可，且做货车焉。把当初与现在一比较，判若两人，足够自己笑半天的！或有例外，实不多见。

明年我就四十了，已具说理想家庭的资格：大不必吹，盖亦自嘲。

我的理想家庭要有七间小平房：一间是客厅，古玩字画全非必要，只要几把很舒服宽松的椅子，一二小桌。一间书房，书籍不少，不管什么头版与古本，而都是我所爱读的；一张书桌，桌面是中国漆的，放上热茶杯不至烫成个圆白印；文具不讲究，可是都很好用；桌上老有一两枝鲜花，插在小瓶里。两间卧室，我独居一间，没有臭虫，而有一张极大极软的床。在这个床上，横睡直睡都可以，不论怎睡都一躺下就舒服合适，好像陷在棉花堆里，一点也不碰硬骨头。还有一间，是预备给客人住的。此外是一间厨房，一个厕所，没有下房，因为根本不预备用仆人。家中不要电话，不要播音机，不要留声机，不要麻将牌，不要风扇，不要保险柜。缺乏的东西本来很多，不过这几项是故意不要的，有人白送给我也不要。

院子必须很大，靠墙有几株小果木树。除了一块长方的土地，平坦无草，足够打开太极拳的。其他的地方就都种着花草——没有一种珍贵费事的，只求昌茂多花。屋中至少有一只花猫，院中至少也有一两盆金鱼；小树上悬着小笼，二三绿蝈蝈随意地鸣着。

这就该说到人了。屋子不多，又不要仆人，人口自然不能很多：一妻和一儿一女就正合适。先生管擦地板与玻璃，打扫院子，收拾花木，给鱼换水，给蝈蝈一两块绿黄瓜或几个毛豆；并管上街送信买书等事宜。太太管做饭，女儿任助手——顶好是十二三岁，不准小也不准大，老是十二三岁。儿子顶好是三岁，既会讲话，又胖胖的会淘气。母女做饭之外，就做点针线，看小弟弟。大件衣服拿到外边去洗，小件的随时自己涮一涮。

既然有这么多工作，自然就没有多少工夫去听戏看电影。不过在过生日的时候，全家就出去玩半天；接一位亲或友的老太太给看家。过生日什么的永远不请客受礼，亲友家送来的红白帖子，就一概扔在字纸篓里，除非那真需要帮助的，才送一些干礼去。到过节过年的时候，吃食从丰，而且可以买一通纸牌，大家打打“索儿胡”，赌铁蚕豆或花生米。

男的没有固定的职业；只是每天写点诗或小说，每千字卖上四五十元钱。女的也没事做，除了家务就读些书。儿女永不上学，由父母交给画图，唱歌，跳舞——乱蹦也算一种舞法——和文字，手工之类。等到他们长大，或者也会仗着绘画或写文章卖一点钱吃饭；不过这是后话，顶好暂且不提。

这一家子人，因为吃得简单干净，而一天到晚又不闲着，所以身体都很不坏。因为身体好，所以没有肝火，大家都不爱闹脾气。除了为小猫上房，金鱼甩子等事着急之外，谁也不急吒白脸的。

大家的相貌也都很体面，不令人望而生厌。衣服可并不讲究，都做的很结实朴素；永远不穿又臭又硬的皮鞋。男的很体面，可不露电影明星气；女的很健美，可不红唇鬈毛，鼻子朝着天。孩子们都不卷着舌头说话，淘气而不讨厌。

这个家庭顶好是在北平，其次是成都或青岛，至坏也得在苏州。无论怎样吧，反正必须在中国，因为中国是顶文明平安的国家；理想的家庭必须在理想的国家内也。

赠予今年的大学毕业生

胡适

“你总得有一点信心。”

月季花开 25×25cm 2014年6月 水彩

这一两个星期里，各地的大学都有毕业的班次，都有很多的毕业生离开学校去开始他们的成人事业。学生的生活是一种享有特殊优待的生活，不妨幼稚一点，不妨吵吵闹闹，社会都能纵容他们，不肯严格的要他们负行为的责任。现在他们要撑起自己的肩膀来挑他们自己的担子了。在这个国难最紧急的年头，他们的担子真不轻！我们祝他们的成功，同时也不忍不依据我们自己的经验，赠予他们几句送行的赠言——虽未必是救命毫毛，也许做个防身的锦囊罢！

你们毕业之后，可走的路不出这几条：绝少数的人还可以在国内或国外的研究院继续作学术研究；少数的人可以寻着相当的职业；此外还有做官、办党、革命三条路；此外就是在家享福或者失业闲居了。第一条继续求学之路，我们可以不讨论。走其余几条路的人，都不能没有堕落的危险。堕落的方式很多，总括起来，约有这两大类：

第一是容易抛弃学生时代的求知识的欲望。你们到了实际社会里，往往所用非所学，往往所学全无用处，往往可以完全用不着学问，而一样可以胡乱混饭吃，混官做。在这种环境里，即使向来抱有求知识学问的决心的人，也不免心灰意懒，把求知的欲望渐渐冷淡下去。况且学问是要有相当的设备的；书籍，试验室，师友的切磋指导，闲暇的工夫，都不是一个平常要糊口养家的人所能容易办到的。没有做学问的环境，又谁能怪我们抛弃学问呢？

第二是容易抛弃学生时代的理想的人生的追求。少年人初次与冷酷的社会接触，容易感觉理想与事实相去太远，容易发生悲观和失望。多年怀抱的人生理想，改造的热诚，奋斗的勇气，到此时候，好像全不是那么一回事。渺小的个人在那强烈的社会炉火里，往往经不起长时期的烤炼就镕化了，一点高尚的理想不久就幻灭了。抱着改造社会的梦想而来，往往是弃甲曳兵而走，或者做了恶势力的俘虏。你在那俘虏牢狱里，回想那少年气壮时代的种种理想主义，好像都成了自误误人的迷梦！从此以后，你就甘心放弃理想人生的追求，甘心做现成社会的顺民了。

要防御这两方面的堕落，一面要保持我们求知识的欲望，一面要保持我们对于理想人生的追求。有什么好法子呢？依我个人的观察和经验，有三种防身的药方是值得一试的。

第一个方子只有一句话："总得时时寻一两个值得研究的问题！"问题是知识学问的老祖宗；古今来一切知识的产生与积聚，都是因为要解答问题，——要解答实用上的困难或理论上的疑难。所谓"为知识而求知识"，其实也只是一种好奇心追求某种问题的解答，不过因为那种问题的性质不必是直接应用的，人们就觉得这是"无所为"的求知识了。我们出学校之后，离开了做学问的环境，如果没有一个两个值得解答的疑难问题在脑子里盘旋，就很难继续保持追求学问的热心。可是，如果你有了一个真有趣的问题天天逗你去想他，天天引诱你去解决他，天天对你挑衅笑你无可奈他，——这时候，你就会同恋爱一个女子发了疯一样，坐也坐不下，睡也睡不安，没工夫也得偷出工夫去陪她，没钱也得撙衣节食去巴结她。没有书，你自会变卖家私去买书；没有仪器，你自会典押衣服去置办仪器；没有师友，你自会不远千里去寻师访友。你只要能时时有疑难问题来逼你用脑子，你自然会保持发展你对学问的兴趣，即使在最贫乏的智识环境中，你也会慢慢的聚起一个小图书馆来，或者设置起一所小试验室来。所以我说：第一要寻问题，脑子里没有问题之日，就是你的智识生活寿终正寝之时！古人说，“待文王而兴者，凡民也。若夫豪杰之士，虽无文王犹兴。”试想葛理略（Galieo）和牛敦（Newton）有多少藏书？有多少仪器？他们不过是有问题而已。有了问题而后，他们自会造出仪器来解答他们的问题。没有问题的人们，关在图书馆里也不会用书，锁在试验室里也不会有什么发现。

第二个方子也只有一句话：“总得多发展一点非职业的兴趣。”离开学校之后，大家总得寻个吃饭的职业。可是你寻得的职业未必就是你所学的，或者未必是你所心喜的，或者是你所学而实在和你的性情不相近的。在这种状况之下，工作就往往成了苦工，就不感觉兴趣了。为糊口而做那种非“性之所近而力之所能勉”的工作，就很难保持求知的兴趣和生活的理想主义。最好的救济方法只有多多发展职业以外的正当兴趣与活动。一个人应该有他的职业，又应该有他的非职业的顽艺儿，可以叫做业余活动。凡一个人用他的闲暇来做的事业，都是他的业余活动。往往他的业余活动比他的职业还更重要，因为一个人的前程往往会靠他怎样用他的闲暇时间。他用他的闲暇来打马将，他就成个赌徒；你用你的闲暇来做社会服务，你也许成个社会改革者；或者你用你的闲暇去研究历史，你也许成个史学家。你的闲暇往往定你的终身。英国十九世纪的两个哲人，弥儿（J.S.Mill）终身做东印度公司的秘书，然而他的业余工作使他在哲学上、经济学上、政治思想史上都占一个很高的位置；斯宾塞（Spencer）是一个测量工程师，然而他的业余工作使他成为前世纪晚期世界思想界的一个重镇。古来成大学问的人，几乎没有一个不是善用他的闲暇时间的。特别在这个组织不健全的中国社会，职业不容易适合我们性情，我们要想生活不苦痛或不堕落，只有多方发展业余的兴趣，使我们的精神有所寄托，使我们的剩余精力有所施展。有了这种心爱的顽艺儿，你就做六个钟头的抹桌子工夫也不会感觉烦闷了，因为你知道，抹了六点钟的桌子之后，你可以回家去做你的化学研究，或画完你的大幅山水，或写你的小说戏曲，或继续你的历史考据，或做你的社会改革事业。你有了这种称心如意的活动，生活就不枯寂了，精神也就不会烦闷了。

第三个方子也只有一句话："你总得有一点信心。"我们生当这个不幸的时代，眼中所见，耳中所闻，无非是叫我们悲观失望的。特别是在这个年头毕业的你们，眼见自己的国家民族沉沦到这步田地，眼看世界只是强权的世界，望极天边好像看不见一线的光明，——在这个年头不发狂自杀，已算是万幸了，怎么还能够希望保持一点内心的镇定和理想的信心呢？我要对你们说：这时候正是我们培养我们的信心的时候！只要我们有信心，我们还有救。古人说："信心（Faith）可以移山。"又说："只要功夫深，生铁磨成绣花针。"你不信吗？当拿破仑的军队征服普鲁士占据柏林的时候，有一位穷教授叫做菲希特（Fichte）的，天天在讲堂上劝他的国人要有信心，要信仰他们的民族是有世界的特殊使命的，是必定要复兴的。菲希特死的时候（1814），谁也不能预料德意志统一帝国何时可以实现。然而不满五十年，新的统一的德意志帝国居然实现了。

一个国家的强弱盛衰，都不是偶然的，都不能逃出因果的铁律的。我们今日所受的苦痛和耻辱，都只是过去种种恶因种下的恶果。我们要收将来的善果，必须努力种现在的新因。一粒一粒的种，必有满仓满屋的收，这是我们今日应该有的信心。

我们要深信：今日的失败，都由于过去的不努力。

我们要深信：今日的努力，必定有将来的大收成。

佛典里有一句话："福不唐捐。"唐捐就是白白的丢了，我们也应该说："功不唐捐！"没有一点努力是会白白的丢了的。在我们看不见想不到的时候，在我们看不见想不到的方向，你瞧！你下的种子早已生根发叶开花结果了！

你不信吗？法国被普鲁士打败之后，割了两省地，赔了五十万万佛郎的赔款。这时候有一位刻苦的科学家巴斯德（Pasteur）终日埋头在他的试验室里做他的化学试验和微菌学研究。他是一个最爱国的人，然而他深信只有科学可以救国。他用一生的精力证明了三个科学问题：（1）每一种发酵作用都是由于一种微菌的发展；（2）每一种传染病都是由于一种微菌在生物体中的发展；（3）传染病的微菌，在特殊的培养之下，可以减轻毒力，使它从病菌变成防病的药苗。——这三个问题，在表面上似乎都和救国大事业没有多大的关系。然而从第一个问题的证明，巴斯德定出做醋酿酒的新法，使全国的酒醋业每年减除极大的损失。从第二个问题的证明，巴斯德教全国的蚕丝业怎样选种防病，教全国的畜牧农家怎样防止牛羊瘟疫，又教全世界的医学界怎样注重消毒以减除外科手术的死亡率。从第三个问题的证明，巴斯德发明了牲畜的脾热瘟的疗治药苗，每年替法国农家灭除了二千万佛郎的大损失；又发明了疯狗咬毒的治疗法，救济了无数的生命。所以英国的科学家赫胥黎（Huxley）在皇家学会里称颂巴斯德的功绩道："法国给了德国五十万万佛郎的赔款，巴斯德先生一个人研究科学的成绩足够还清这一笔赔款了。"

巴斯德对于科学有绝大的信心，所以他在国家蒙奇辱大难的时候，终不肯抛弃他的显微镜与试验室。他绝不想他的显微镜底下能偿还五十万万佛郎的赔款，然而在他看不见想不到的时候，他已收获了科学救国的奇迹了。

朋友们，在你最悲观最失望的时候，那正是你必须鼓起坚强的信心的时候。你要深信：天下没有白费的努力。成功不必在我，而功力必不唐捐。

yǒu le xiǎo hái yǐ hòu
有了小孩以后

老舍

小孩使世界扩大，

使隐藏着的东西都显露出来。

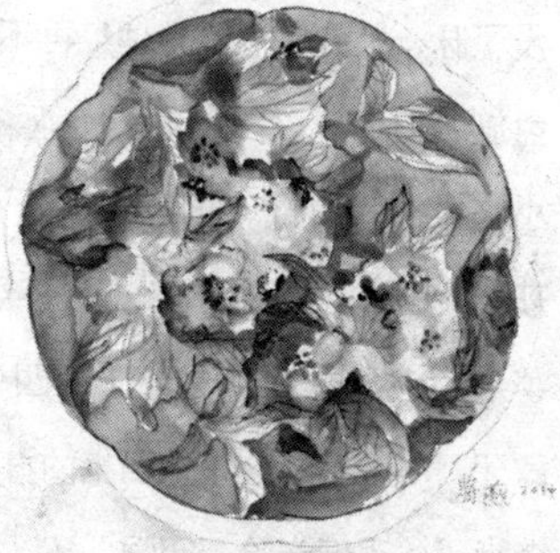

春桃花开 25×25cm 2014年6月 水彩

艺术家应以艺术为妻，实际上就是当一辈子光棍儿。在下闲暇无事，往往写些小说，虽一回还没自居过文艺家，却也感觉到家庭的累赘。每逢困于油盐酱醋的灾难中，就想到独人一身，自己吃饱便天下太平，岂不妙哉。

家庭之累，大半由儿女造成。先不用提教养的花费，只就淘气哭闹而言，已足使人心慌意乱。小女三岁，专会等我不在屋中，在我的稿子上画圈拉杠，且美其名曰“小济会写字”！把人要气没了脉，她到底还是有理！再不然，我刚想起一句好的，在脑中盘旋，自信足以愧死莎士比亚，假若能写出来的话。当是时也，小济拉拉我的肘，低声说：“上公园看猴？”于是我至今还未成莎士比亚。小儿一岁整，还不会“写字”，也不晓得去看猴，但善亲亲，闭眼，张口展览上下四个小牙。我若没事，请求他闭眼，露牙，小胖子总会东指西指的打岔。赶到我拿起笔来，他那一套全来了，不但亲脸，闭眼，还“指”令我也得表演这几招。有什么办法呢？！

这还算好的。赶到小济午后不睡，按着也不睡，那才难办。到这么四点来钟吧，她的困闹开始，到五点钟我已没有人味。什么也不对，连公园的猴都变成了臭的，而且猴之所以臭，也应当由我负责。小胖子也有这种困而不睡的时候，大概多数是与小济同时发难。两位小醉鬼一齐找毛病，我就是诸葛亮恐怕也得唱空城计，一点办法没有！在这种干等束手被擒的时候，偏偏会来一两封快信——催稿子！我也只好闹脾气了。不大一会儿，把太太也闹急了，一家大小四口，都成了醉鬼，其热闹至为惊人。大人声言离婚，小孩怎说怎不是，于离婚的争辩中瞎打混。一直到七点后，二位小天使已困得动不的，离婚的宣言才无形的撤销。这还算好的。遇上小胖子出牙，那才真教厉害，不但白天没有情理，夜里还得上夜班。一会儿一醒，若被针扎了似的惊啼，他出牙，谁也不用打算睡。他的牙出利落了，大家全成了红眼虎。

不过，这一点也不妨碍家庭中爱的发展，人生的巧妙似乎就在这里。记得 Frank Harris 仿佛有过这么点记载：他说王尔德为那件不名誉的案子过堂被审，一开头他侃侃而谈，语多幽默。及至原告提出几个男妓做证人，王尔德没了脉，非失败不可了。Harris 以为王尔德必会说："我是个戏剧家，为观察人生，什么样的人都当交往。假若我不和这些人接触，我从哪里去找戏剧中的人物呢？"可是，王尔德竟自没这么答辩，官司就算输了！

把王尔德且放在一边；艺术家得多去经验，Harris 的意见，假若不是特为王尔德而发的，的确是不错。连家庭之累也是如此。还拿小孩们说吧——这才来到正题——爱他们吧，嫌他们吧，无论怎说，也是极可宝贵的经验。

在没有小孩的时候，一个人的世界还是未曾发现美洲的时候的。小孩是科仑布，把人带到新大陆去。这个新大陆并不很远，就在熟习的街道上和家里。你看，街市上给我预备的，在没有小孩的时候，似乎只有理发馆、饭铺、书店、邮政局等。我想不出婴儿医院、糖食店、玩具铺等等的意义。连药房里的许许多多婴儿用的药和粉，报纸上婴儿自己药片的广告，百货店里的小袜子小鞋，都显着多此一举，劳而无功。及至小天使自天飞降，我的眼睛似乎戴上了一双放大镜，街市依然那样，跟我有关系的东西可是不知增加了多少倍！婴儿医院不但挂着牌子，敢情里边还有医生呢。不但有医生，还是挺神气，一点也得罪不得。拿着医生所给的神符，到药房去，敢情那些小瓶子小罐都有作用。不但要买瓶子里的白汁黄面和各色的药饼，还得买瓶子罐子，轧粉的钵，量奶的漏斗，乳头，卫生尿布，玩艺多多了！百货店里那些小衣帽、小家具，也都有了意义；原先以为多此一举的东西，如今都成了非它不行；有时候铺中缺乏了我所要的那一件小物品，我还大有看不起他们的意思：既是百货店，怎能不预备这件东西呢？！慢慢的，全街上的铺子，除了金店与古玩铺，都有了我的足迹；连当铺也走得怪熟。铺中人也渐渐熟识了，甚至可以随便闲谈，以小孩为中心，谈得颇有味儿。伙计们，掌柜们，原来不仅是站柜做买卖，家中还有小孩呢！有的铺子，竟自敢允许我欠账，仿佛一有了小孩，我的人格也好了些，能被人信任。三节的账条来得很踊跃，使我明白了过节过年的时候怎样出汗。

小孩使世界扩大，使隐藏着的东西都显露出来。非有小孩不能明白这个。看着别人家的孩子，肥肥胖胖，整整齐齐，你总觉得小孩们理应如此，一生下来就戴着小帽，穿着小袄，好像小雏鸡生下来就披着一身黄绒似的。赶到自己有了小孩，才能晓得事情并不这么简单。一个小娃娃身上穿戴着全世界的工商业所能供给的，给全家人以一切啼笑爱怨的经验，小孩的确是位小活神仙！

有了小活神仙，家里才会热闹。窗台上，我一向认为是摆花的地方。夏天呢，开着窗，风儿轻轻吹动花与叶，屋中一阵阵的清香。冬天呢，阳光射到花上，使全屋中有些颜色与生气。后来，有了小孩，那些花盆很神秘的都不见了，窗台上满是瓶子罐子，数不清有多少。尿布有时候上了写字台，奶瓶倒在书架上。大扫除才有了意义，是的，到时候非痛痛快快的收拾一顿不可了，要不然东西就有把人埋起来的危险。上次大扫除的时候，我由床底下找到了但丁的《神曲》。不知道这老家伙干吗在那里藏着玩呢！

人的数目也增多了，而且有很多问题。在没有小孩的时候，用一个仆人就够了，现在至少得用俩。以前，仆人“拿糖”，满可以暂时不用；没人做饭，就外边去吃，谁也不用拿捏谁。有了小孩，这点豪气乘早收起去。三天没人洗尿布，屋里就不要再进来人。牛奶等项是非有人管理不可，有儿方知卫生难，奶瓶子一天就得烫五六次；没仆人简直不行！有仆人就得捣乱，没办法！

好多没办法的事都得马上有办法，小孩子不会等着“国联”慢慢解决儿童问题。这就长了经验。半夜里去买药，药铺的门上原来有个小口，可以交钱拿药，早先我就不晓得这一招。西药房里敢情也打价钱，不等他开口，我就提出：“还是四毛五？”这个“还是”使我省五分钱，而且落个行家。这又是一招。找老妈子有作坊，当票儿到期还可以入利延期，也都被我学会。没工夫细想，大概自从有了儿女以后，我所得的经验至少比一张大学文凭所能给我的多着许多。大学文凭是由课本里掏出来的，现在我却念着一本活书，没有头儿。

连我自己的身体现在都会变形，经小孩们的指挥，我得去装马装牛，还须装得像个样儿。不但装牛像牛，我也学会牛的忍性，小胖子觉得“开步走”有意思，我就得百走不厌；只做一回，绝对不行。多咱他改了主意，多咱我才能“立正”。在这里，我体验出母性的伟大，觉得打老婆的人们满该下狱。

中秋节前来了个老道，不要米，不要钱，只问有小孩没有？看见了小胖子，老道高了兴，说十四那天早晨须给小胖子左腕上系一根红线。备清水一碗，烧高香三炷，必能消灾除难。右邻家的老太太也出来看，老道问她有小孩没有，她惨淡的摇了摇头。到了十四那天，倒是这位老太太的提醒，小胖子的左腕上才拴了一圈红线。小孩子征服了老道与邻家老太太。一看胖手腕的红线，我觉得比写完一本伟大的作品还骄傲，于是上街买了两尊兔子王，感到老道，红线，兔子王，都有绝大的意义！

yòu shì yì nián máo cǎo lǜ

又是一年芽草绿

老舍

因为对事轻淡，我心中不大藏着计划，做事也无须要手段，所以我能笑，爱笑；天真的笑多少显着年轻一些。

烂漫梨花 140×160cm 2008年

悲观有一样好处，它能叫人把事情都看轻了一些。这个可也就是我的坏处，它不起劲，不积极。您看我挺爱笑不是？因为我悲观。悲观，所以我不能板起面孔，大喊：“孤——刘备！”我不能这样。一想到这样，我就要把自己笑毛咕了。看着别人吹胡子瞪眼睛，我从脊梁沟上发麻，非笑不可。我笑别人，因为我看不起自己。别人笑我，我觉得应该；

说得天好，我不过是脸上平润一点的猴子。我笑别人，往往招人不愿意；不是别人的量小，而是不像我这样稀松，这样悲观。

我打不起精神去积极的干，这是我的大毛病。可是我不懒，凡是我该做的我总想把它做了，总算得点报酬养活自己与家里的人——往好了说，尽我的本分。我的悲观还没到想自杀的程度，不能不找点事做。有朝一日非死不可呢，那只好死喽，我有什么法儿呢?

这样，你瞧，我是无大志的人。我不想当皇上。最乐观的人才敢做皇上，我没这份胆气。

有人说我很幽默，不敢当。我不懂什么是幽默。假如一定问我，我只能说我觉得自己可笑，别人也可笑；我不比别人高，别人也不比我高。谁都有缺欠，谁都有可笑的地方。我跟谁都说得来，可是他得愿意跟我说；他一定说他是圣人，叫我三跪九叩报门而进，我没这个瘾。我不教训别人，也不听别人的教训。幽默，据我这么想，不是嬉皮笑脸，死不要鼻子。

也不是怎股子劲儿，我成了个写家。我的朋友德成粮店的写账先生也是写家，我跟他同等，并且管他叫二哥。既是个写家，当然得写了。“风格即人”——还是“风格即驴”？——我是怎个人自然写怎样的文章了。于是有人管我叫幽默的写家。我不以这为荣，也不以这为辱。我写我的。卖得出去呢，多得个三块五块的，买什么吃不香呢。卖不出去呢，拉倒，我早知道指着写文章吃饭是不易的事。

稿子寄出去，有时候是肉包子打狗，一去不回头；连个回信也没有。这，咱只好幽默；多咱见着那个骗子再说，见着他，大概我们俩总有一个笑着去见阎王的。不过，这是不很多见的，要不怎么我还没想自杀呢。常见的事是这个，稿子登出去，酬金就睡着了，睡得还是挺香甜。直到我也睡着了，它忽然来了，仿佛故意吓人玩。数目也惊人，它能使我觉得自己不过值一毛五一斤，比猪肉还便宜呢。这个咱也不说什么，国难期间，大家都得受点苦，人家开铺子的也不容易，掌柜的吃肉，给咱点汤喝，就得念佛。是的，我是不能当皇上，焚书坑掌柜的，咱没那个狠心，你看这个劲儿！不过，有人想坑他们呢，我也不便拦着。

这么一来，可就有许多人看不起我。连好朋友都说："伙计，你也硬正着点，说你是为人类而写作，说你是中国的高尔基；你太泄气了！"真的，我是泄气，我看高尔基的胡子可笑。他老人家那股子自卖自夸的劲儿，打死我也学不来。人类要等着我写文章才变体面了，那恐怕太晚了吧？我老觉得文学是有用的；拉长了说，它比任何东西都有用，都高明。可是往眼前说，它不如一尊高射炮，或一锅饭有用。我不能吆喝我的作品是"人类改造丸"，我也不相信把文学杀死便天下太平。我写就是了。

别人的批评呢？批评是有益处的。我爱批评，它多少给我点益处；即使完全不对，不是还让我笑一笑吗？自己写的时候仿佛是蒸馒头呢，热气腾腾，莫名其妙。及至冷眼人一看，一定看出许多错儿来。我感谢这种指摘。说的不对呢，那是他的错儿，不干我的事。我永不驳辩，这似乎是胆儿小；可是也许是我的宽宏大量。我不便往自己脸上贴金。一件事总得由两面瞧，是不是？

对于我自己的作品，我不拿她们当作宝贝。是呀，当写作的时候，我是卖了力气，我想往好了写。可是一个人的天才与经验是有限的，谁也不敢保了老写的好，连荷马也有打盹的时候。有的人呢，每一拿笔便想到自己是但丁，是莎士比亚。这没有什么不可以的，天才须有自信的心。我可不敢这样，我的悲观使我看轻自己。我常想客观的估量估量自己的才力；这不易做到，我究竟不能像别人看我看得那样清楚；好吧，既不能十分看清楚了自己，也就不用装蒜，谦虚是必要的，可是装蒜也大可以不必。

对做人，我也是这样。我不希望自己是个完人，也不故意的招人家的骂。该求朋友的呢，就求；该给朋友做的呢，就做。做的好不好，咱们大家凭良心。所以我很和气，见着谁都能扯一套。可是，初次见面的人，我可是不大爱说话；特别是见着女人，我简直张不开口，我怕说错了话。在家里，我倒不十分怕太太，可是对别的女人老觉着恐慌，我不大明白妇女的心理；要是信口开河的说，我不定说出什么来呢，而妇女又爱挑眼。男人也有许多爱挑眼的，所以初次见面，我不大愿开口。我最不喜辩论，因为红着脖子粗着筋的太不幽默。我最不喜欢好吹腾的人，可并不拒绝与这样的人谈话；我不爱这样的人，但喜欢听他的吹。最好是听着他吹，吹着吹着连他自己也忘了吹到什么地方去，那才有趣。

可喜的是有好几位生朋友都这么说："没见着阁下的时候，

总以为阁下有八十多岁了。敢情阁下并不老。”是的，虽然将奔四十的人，我倒还不老。因为对事轻淡，我心中不大藏着计划，做事也无须耍手段，所以我能笑，爱笑；天真的笑多少显着年轻一些。我悲观，但是不愿老声老气的悲观，那近乎“虎事”。我愿意老年轻轻的，死的时候像朵春花将残似的那样哀而不伤。我就怕什么“权威”咧，“大家”咧，“大师”咧，等等老气横秋的字眼们。我爱小孩，花草，小猫，小狗，小鱼；这些都不“虎事”。偶尔看见个穿小马褂的“小大人”，我能难受半天，特别是那种所谓聪明的孩子，让我难过。比如说，一群小孩都在那儿看变戏法儿，我也在那儿，单会有那么一两个七八岁的小老头说：“这都是假的！”这叫我立刻走开，心里堵上一大块。世界确是更“文明”了，小孩也懂事懂得早了，可是我还愿意大家傻一点，特别是小孩。假若小猫刚生下来就会捕鼠，我就不再养猫，虽然它也许是个神猫。

我不大爱说自己，这多少近乎“吹”。人是不容易看清楚自己的。不过，刚过完了年，心中还慌着，叫我写“人生于世”，实在写不出，所以就近的拿自己当材料。万一将来我不得已而做了皇上呢，这篇东西也许成为史料，等着瞧吧。

bié pà dòng bǐ

别怕动笔

老舍

我们若是有了想起什么、看见什么，和听见什么就写得下来的能力，那该是多么可喜的事啊！

富贵吉祥之六 100×80cm 2012年

有不少初学写作的人感到苦恼：写不出来！

我的看法是：加紧学习，先别苦恼。

怎么学习呢？我看哪，第一步顶好是心中有什么就写什么，有多少就写多少。

永远不敢动笔，就永远摸不着门儿。不敢下水，还学得会游泳么？自己动了笔，再去读书，或看刊物上登载的作品，就会明白一些写作的方法了。只有自己动过笔，才会更深入地了解别人的作品，学会一些窍门。好吧，就再写吧，还是有什么写什么，有多少写多少。又写完了一篇或半篇，就再去阅读别人的作品，也就得到更大的好处。

千万别着急，别刚一拿笔就想发表不发表。先想发表，不是实事求是的办法。假若有个人告诉我们：他刚下过两次水，可是决定马上去参加国际游泳比赛，我们会相信他能得胜而归吗？不会！我们必定这么鼓舞他：你的志愿很好，可是要拼命练习，不成功不拉倒。这样，你会有朝一日去参加国际比赛的。我看，写作也是这样。谁肯下功夫学习，谁就会成功，可不能希望初次动笔就名扬天下。我说有什么写什么，有多少写多少，正是为了练习，假若我们忽略了这个练习过程，而想马上去发表，那就不好办了。是呀，只写了半篇，再也写不下去，可怎么去发表呢？先不要为发表不发表着急，这么着急会使我们灰心丧气，不肯再学习。若是由学习观点来看呢，写了半篇就很不错啊，在这以前，不是连半篇也写不上来吗？

不知道我说的对不对，我总以为初学写作不宜先决定要写五十万字的一本小说或一部多幕剧。也许有人那么干过，而且的确一箭成功。但这究竟不是常见的事，我们不便自视过高，看不起基本练习。那个一箭成功的人，想必是文字已经写得很通顺，生活经验也丰富，而且懂得一些小说或剧本的写法。他下过苦功，可是山沟里练把式，我们不知道。我们应当知道自己的底。我们的文字的基础若还不十分好，生活经验也还有限，又不晓得小说或剧本的技巧，我们顶好是有什么写什么，有多少写多少，为的是练习，给创作预备条件。

首先是要把文字写通顺了。我说的有什么写什么，有多少写多少，正是为逐渐充实我们的文字表达能力。还是那句话：不是为发表。想想看，我们若是有了想起什么、看见什么，和听见什么就写得下来的能力，那该是多么可喜的事啊！即使我们一辈子不写一篇小说或一部剧本，可是我们的书信、报告、杂感等等，都能写得简练而生动，难道不是值得高兴的事吗？

当然，到了我们的文字能够得心应手的时候，我们就可以试写小说或剧本了。文学的工具是语言文字呀。

这可不是说：文学创作专靠文字，用不着别的东西。不是这样！政治思想、生活经验、文学修养……都是要紧的。我们不应只管文字，不顾其他。我在前面说的有什么写什么，和有多少就写多少，是指文字学习而言。这样能够叫我们敢于拿起笔来，不怕困难。在动笔杆的同时，我们应当努力于政治学习，热情地参加各种活动，丰富生活经验，还要看戏，看电影，看文学作品。这样双管齐下，既常动笔，又关心政治与生活，我们的文字与思想就会得到进步，生活经验也逐渐丰富起来。我们就会既有值得写的资料，又有会写的本事了。

要学习写作，须先摸摸自己的底。自己的文字若还很差，就请按照我的建议去试试——有什么写什么，有多少写多少。同时，连写封家信或记点日记，都郑重其事地去干，当作练习写作的一种日课。文字的学习应当是随时随地的，不专限于写文章的时候。一个会写小说的当然也会写信，而一封出色的信也是文学作品——好的日记也是！

文字有了点根底，可还是写不出文章来，又怎么办呢？应当去看看，自己想写的是什么，是小说，还是剧本？假若是小说或剧本，那就难怪写不出来。首先是：我们往往觉得自己的某些生活经验足够写一篇小说或一部三幕剧的。事实上，那点经验并不够支持这么一篇作品的。我们的那些生活经验在我们心中的时候仿佛是好大一堆，可以用之不竭。及至把它写在纸上的时候就并不是那么一大堆了，因为写在纸上的必是最值得写下来的，无关重要的都用不上，就好像一个大笋，看起来很粗很长，及至把外边的吃不得的皮子都剥去，就只剩下不大的一块了。我们没法子用这点笋炒出一大盘子菜来！

这样，假若我们一下手就先把那点生活经验记下来，写一千字也好，二千字也好，我们倒能得到好处。一来是，我们会由此体会出来，原来值得写在纸上的并不像我们想象的那么多，我们的生活经验还并不丰富。假若我们要写长篇的东西，就必须去积累更多的经验，以便选择。对了，写下来的事情必是经过选择的；随便把鸡毛蒜皮都写下来，不能成为文学作品。即须经过选择，那么用不着说，我们的生活经验越多，才越便于选择。是呀，手里只有一个苹果，怎么去选择呢？

二来是，用所谓的一大堆生活经验而写成的一千或二千字，可能是很好的一篇文章。这就使我们有了信心，敢再去拿起笔来。反之，我们非用那所谓的一大堆生活经验去写长篇小说或剧本不可，我们就可能始终不能成篇交卷，因而灰心丧气，不敢再写。不要贪大！能把小的写好，才有把大的写好的希望。况且，文章的好坏，不决定于字数的多少。一首千锤百炼的民歌，虽然只有四句或八句，也可以传诵全国。

还有：即使我们的那一段生活经验的确结结实实，只要写下来便是好东西，也还会碰到困难——写得干巴巴的，没有味道。这是怎么一回事呢？我看大概是这样：我们只知道这几个人，这一些事，而不知道更多的人与事，所以没法子运用更多的人与事来丰富那几个人与那一些事。是呀，一本小说或一本戏剧就是一个小世界，只有我们知道的真多，我们才能随时地写人、写事、写景、写对话，都活泼生动，写晴天就使读者感到天朗气清，心情舒畅，写一棵花就使人闻到了香味！我们必须深入生活，不断动笔！我们不妨今天描写一棵花，明天又试验描写一个人，今天记述一段事，明天试写一首抒情诗，去充实表达能力。生活越丰富，心里越宽绰；写的越勤，就会有得心应手的那么一天。是的，得下些功夫，把根底打好。别着急，别先考虑发表不发表。谁肯用功，谁就会写文章。

这么说，不就很难做到写作的跃进吗？不是！写作的跃进也和别种工作的跃进一样，必须下功夫，勤学苦练。不能把勤学苦练放在一边，而去空谈跃进。看吧，原本不敢动笔，现在拿起笔来了，这还不是跃进的劲头吗？然后，写不出大的，就写小的；写不好诗，就写散文；这样高高兴兴地，不图名不图利地往下干，一定会有成功那一天。难道这还不是跃进么？好吧，让咱们都兴高采烈地干吧！放开胆子，先有什么写什么，有多少写多少，咱们就会逐渐提高，写出像样子的东西来。不怕动笔，笔就会听咱们的话，不是吗？

rénshēng de yì yì yǔ jià zhí

人生的意义与价值

季羡林

对于那些肚子里吃满了肯德基、麦当劳、比萨饼，到头来终不过是浑浑噩噩的人来说，有如夏虫不足以与语冰，这些道理是没法谈的。

福寿双全之一 100×80cm 2012年

当我还是一个青年大学生的时候，报刊上曾刮起一阵讨论人生的意义与价值的微风，文章写了一些，议论也发表了一通。我看过一些文章，但自己并没有参加进去。原因是，有的文章不知所云，我看不懂。更重要的是，我认为这种讨论本身就无意义，无价值，不如实实在在地干几件事好。

时光流逝，一转眼，自己已

经到了望九之年，活得远远超过了我的预算。有人认为长寿是福，我看也不尽然。人活得太久了，对人生的种种相，众生的种种相，看得透透彻彻，反而鼓舞时少，叹息时多。远不如早一点离开人世这个是非之地，落一个耳根清净。

那么，长寿就一点好处都没有吗？也不是的。这对了解人生的意义与价值，会有一些好处的。

根据我个人的观察，对世界上绝大多数人来说，人生一无意义，二无价值。

他们也从来不考虑这样的哲学问题。走运时，手里攥满了钞票，白天两顿美食城，晚上一趟卡拉 OK，玩一点小权术，耍一点小聪明，甚至恣睢骄横、飞扬跋扈、昏昏沉沉、浑浑噩噩，等到钻入了骨灰盒，也不明白自己为什么活过一生。

其中不走运的则穷困潦倒，终日为衣食奔波，愁眉苦脸，长吁短叹。即使日子还能过得去的，不愁衣食，能够温饱，然而也终日忙忙碌碌，被困于名缰，被缚于利索。同样是昏昏沉沉、浑浑噩噩，不知道为什么活过一生。

对这样的芸芸众生，人生的意义与价值从何处谈起呢？

我自己也属于芸芸众生之列，也难免浑浑噩噩，并不比任何人高一丝一毫。如果想勉强找一点区别的话，那也是有的：我，当然还有一些别的人，对人生有一些想法，动过一点脑筋，而且自认这些想法是有点道理的。

我有些什么想法呢？话要说得远一点。当今世界上战火纷飞、人欲横流、“黄钟毁弃，瓦釜雷鸣”，是一个十分不安定的时代。但是，对于人类的前途，我始终是一个乐观主义者。我相信，不管还要经过多少艰难曲折，不管还要经历多少时间，人类总会越变越好的，人类大同之域决不会仅仅是一个空洞的理想。但是，想要达到这个目的，必须经过无数代人的共同努力。有如接力赛，每一代人都有自己的一段路程要跑。又如一条链子，是由许多环组成的，每一环从本身来看，只不过是微不足道的一点东西；但是没有这一点东西，链子就组不成。在人类社会发展的长河中，我们每一代人都有自己的任务，而且是绝非可有可无的。如果说人生有意义与价值的话，其意义与价值就在这里。

但是，这个道理在人类社会中只有少数有识之士才能理解。鲁迅先生所称之“中国的脊梁”，指的就是这种人。对于那些肚子里吃满了肯德基、麦当劳、比萨饼，到头来终不过是浑浑噩噩的人来说，有如夏虫不足以与语冰，这些道理是没法谈的。他们无法理解自己对人类发展所应当承担的责任。

话说到这里，我想把上面说的意思简短扼要地归纳一下：如果人生真有意义与价值的话，其意义与价值就在于对人类发展的承上启下、承前启后的责任感。

淡如菊 100×40cm 2010年6月

zuò zhēn shí de zì jǐ

做真实的自己

季羡林

我主张，一个人一生是什么样子，年轻时怎样、中年怎样、老年又怎样，都应该如实地表达出来。

红茶花 60×73cm 2012年

在人的一生中，思想感情的变化总是难免的；连寿命比较短的人都无不如此，何况像我这样寿登耄耋的老人！

我们舞笔弄墨的所谓“文人”，这种变化必然表现在文章中。到了老年，如果想出文集的话，怎样来处理这样一些思想感情前后有矛盾，甚至天翻地覆的矛盾的文章呢？这里就有两种办法。在过去，有一些文人，悔其少作，竭力掩盖自己幼年挂屁股帘的形象，尽量删削年轻时的文章，使自己成为一个一生一贯正确，思想感情总是前后一致的人。

我个人不赞成这种做法，认为这有点作伪的嫌疑。我主张，一个人一生是什么样子，年轻时怎样、中年怎样、老年又怎样，都应该如实地表达出来。在某一阶段上，自己的思想感情有了偏颇，甚至错误，决不应加以掩饰，而应该堂堂正正地承认。这样的文章决不应任意删削或者干脆抽掉，而应该完整地加以保留，以存真相。

在我的散文和杂文中，我的思想感情前后矛盾的现象，是颇能找出一些来的。比如对中国社会某一个阶段的歌颂，对某一个人的崇拜与歌颂，在写作的当时，我是真诚的；后来感到一点失望，我也是真诚的。这些文章，我都毫不加以删改，统统保留下来。不管现在看起来是多么幼稚，甚至多么荒谬，我都不加掩饰，目的仍然是存真。

像我这样性格的一个人，我是颇有点自知之明的。我离一个社会活动家，是有相当大的距离的。我本来希望像我的老师陈寅恪先生那样，淡泊以明志，宁静以致远，不求闻达，毕生从事学术研究，又决不是不关心国家大事，决不是不爱国，那不是中国知识分子的传统。然而阴差阳错，我成了现在这样一个人。应景文章不能不写，写序也推脱不掉，“春花秋月何时了，开会知多少”，会也不得不开。事与愿违，尘根难断，自己已垂垂老矣，改弦更张，只有俟诸来生了。

bā shí shù huái

八十述怀

季羡林

路太长了，

时间太长了，

影子太多了，

回忆太重了。

四季平安之五 40×50cm 2015年

我从来没有想到，我能活到八十岁；如今竟然活到了八十岁，然而又一点也没有八十岁的感觉。岂非咄咄怪事！

我向无大志，包括自己活的年龄在内。我的父母都没有活过五十，因此，我自己的原定计划是活到五十。这样已经超过了父母，很不错了。不知怎么一来，宛如一场春梦，我活到了五十岁。那里正值所谓三年自然灾害，我流年不利，颇挨了一阵子饿。但是，我是“曾经沧海难为水”，在二次世界大战时，我正在德国，我经受了而今难以想象的饥饿的考验，以致失去了饱的感觉。我们那一点灾害，同德国比起来，真如小巫见大巫；我从而顺利地渡过了那一场灾害，而且我当时的精神面貌是我一生最好的时期，一点苦也没有感觉到，于不知不觉中冲破了我原定的年龄计划，渡过了五十岁大关。

五十一过，又仿佛一场春梦似地，一下子就到了古稀之年，不容我反思，不容我踟蹰。其间跨越了一个十年浩劫。我当然是在劫难逃，被送进牛棚。我现在不知道应当感谢哪一路神灵：佛祖、上帝、安拉；由于一个万分偶然的机缘，我没有走上绝路，活下来了。活下来了，我不但没有感到特别高兴，反而时有悔愧之感在咬我的心。活下来了，也许还是有点好处的。我一生写作翻译的高潮，恰恰出现在这个期间。原因并不神秘：我获得了余裕和时间。在浩劫期间，我被打得一佛出世，二佛升天。后来不打不骂了，我却变成了“不可接触者”。在很长时间内，我被分配挖大粪，看门房，守电话，发信件。没有以前的会议，没有以前的发言。没有人敢来找我，很少人有勇气同我谈上几句话。一两年内，没收到一封信。我服从任何人的调遣与指挥，只敢规规矩矩，不敢乱说乱动。然而我的脑筋还在，我的思想还在，我的感情还在，我的理智还在。我不甘心成为行尸走肉，我必须干点事情。二百多万字的印度大史诗《罗摩衍那》，就是在这时候译完的。“雪夜闭门写禁文”，自谓此乐不减羲皇上人。

又仿佛是一场缥缈的春梦，一下子就活到了今天，行年八十矣，是古人称之为耄耋之年了。倒退二三十年，我这个在寿命上胸无大志的人，偶尔也想到耄耋之年的情况：手拄拐杖，白须飘胸，步履维艰，老态龙钟。自谓这种事情与自己无关，所以想得不深也不多。哪里知道，自己今天就到了这个年龄了。今天是新年元旦，从夜里零时起，自己已是不折不扣的八十老翁了。然而这老景却真如古人诗中所说的“青霭入看无”，我看不到什么老景。看一看自己的身体，平平常常，同过去一样，看一看周围的环境，平平常常，同过去一样。金色的朝阳从窗子里流了进来，平平常常，同过去一样。楼前的白杨，确实粗了一点，但看上去也是平平常常，同过去一样。时令正是冬天叶子落尽了；但是我相信，它们正蜷缩在土里，做着春天的梦。水塘里的荷花只剩下残叶，“留得残荷听雨声”，现在雨没有了，上面只有白皑皑的残雪。我相信，荷花们也蜷缩在淤泥中，做着春天的梦。总之，我还是我，依然故我；周围的一切也依然是过去的一切……

我是不是也在做着春天的梦呢？我想，是的。我现在也处在严寒中，我也梦着春天的到来。我相信英国诗人雪莱的两句话：“既然冬天已经到了，春天还会远吗？”我梦着楼前的白杨重新长出了浓密的绿叶；我梦着池塘里的荷花重新冒出了淡绿的大叶子；我梦着春天又回到了大地上。

可是我万万没有想到，“八十”这个数目字竟有这样大的威力，一种神秘的威力。“自己已经八十岁了！”我吃惊地暗自思忖。它逼迫着我向前看一看，又回头看一看。向前看，灰蒙蒙的一团，路不清楚，但也不是很长。确实没有什么好看的地方。不看也罢。

而回头看呢，则在灰蒙蒙的一团中，清晰地看到了一条路，路极长，是我一步一步地走过来的，这条路的顶端是在清平县的官庄。我看到了一片灰黄的土房，中间闪着苇塘里的水光，还有我大奶奶和母亲的面影。这条路延伸出来，我看到了泉城的大明湖。这条路又延伸出去，我看到了水木清华，接着又看到德国小城哥廷根斑斓的秋色，上面飘动着我那母亲似的女房东和祖父似的老教授的面影。路陡然又从万里之外折回到神州大地，我看到了红楼，看到了燕园的湖光塔影。令人泄气而且大煞风景的是，我竟又看到了牛棚的牢头禁子那一副牛头马面似的狞恶的面孔。再看下去，路就缩住了，一直缩到我的脚下。

在这一条十分漫长的路上，我走过阳关大道，也走过独木小桥。路旁有深山大泽，也有平坡宜人；有杏花春雨，也有塞北秋风；有山重水复，也有柳暗花明；有迷途知返，也有绝处逢生。路太长了，时间太长了，影子太多了，回忆太重了。我真正感觉到，我负担不了，也忍受不了，我想摆脱掉这一切，还我一个自由自在身。

回头看既然这样沉重，能不能向前看呢？我上面已经说到，向前看，路不是很长，没有什么好看的地方。我现在正像鲁迅的散文诗《过客》中的那一个过客。他不知道是从什么地方走来的，终于走到了老翁和小女孩的土屋前面，讨了点水喝。老翁看他已经疲惫不堪，劝他休息一下。他说："从我还能记得的时候起，我就在这么走，要走到一个地方去，这地方就在前面。我单记得走了许多路，现在来到这里了。接着就要走向那边去……况且还有声音在前面催促我，叫唤我，使我息不下。"那边，西边是什么地方呢？老人说："前面，是坟。"小女孩说："不，不，不的，那里有许多野百合、野蔷薇，我常常去玩，去看他们的。"

我理解这个过客的心情，我自己也是一个过客，但是却从来没有什么声音催着我走，而是同世界上任何人一样，我是非走不行的，不用催促，也是非走不行的。走到什么地方去呢？走到西边的坟那里，这是一切人的归宿。我记得屠格涅夫的一首散文诗里，也讲了这个意思。我并不怕坟，只是在走了这么长的路以后，我真想停下来休息片刻。然而我不能，不管你愿意不愿意，反正是非走不行。聊以自慰的是，我同那个老翁还不一样，有的地方颇像那个小女孩，我既看到了坟，也看到野百合和野蔷薇。

我面前还有多少路呢？我说不出，也没有仔细想过。冯友兰先生说："何止于米？相期以茶。""米"是八十八岁，"茶"是一百零八岁。我没有这样的雄心壮志，我是"相期以米"。这算不算是立大志呢？我是没有大志的人，我觉得这已经算是大志了。我从前对穷通寿夭也是颇有一些想法的。"十年浩劫"以后，我成了陶渊明的志同道合者。他的一首诗，我很欣赏：

纵浪大化中，
不喜亦不惧。
应尽便须尽，
无复独多虑。

我现在就是抱着这种精神，昂然走上前去。只要有可能，我一定做一些对别人有益的事，决不想成为行尸走肉。我知道，未来的路也不会比过去的更笔直，更平坦，但是我并不恐惧。我眼前还闪动着野百合和野蔷薇的影子。

jiàn
渐

丰子恺

儿女渐渐长大起来，在朝夕相见的父母全不觉得，难得见面的远亲就相见不相识了。

富贵平安 54×78cm 2014年6月

使人生圆滑进行的微妙的要素，莫如“渐”；造物主骗人的手段，也莫如“渐”。在不知不觉之中，天真烂漫的孩子“渐渐”变成野心勃勃的青年；慷慨豪侠的青年“渐渐”变成冷酷的成人；血气旺盛的成人“渐渐”变成顽固的老头子。因为其变更是渐进的，一年一年地、一月一月地、一日一日地、一时一时地、一分一分地、一秒一秒地渐进，犹如从斜度极缓的长远的山坡上走下来，使人不察其递降的痕迹，不见其各阶段的境界，而似乎觉得常在同样的地位，恒久不变，又无时不有生的意趣与价值，于是人生就被确实肯定，而圆滑进行了。假使人生的进行不像山陂而像风琴的键板，由 do 忽然移到 re，即如昨夜的孩子今朝忽然变成青年；或者像旋律的“接离进行”地由 do 忽然跳到 mi，即如朝为青年而夕暮忽成老人，人一定要惊讶、感慨、悲伤、或痛感人生的无常，而不乐为人了。故可知人生是由“渐”维持的。这在女人恐怕尤为必要：歌剧中，舞台上的如花的少女，就是将来火炉旁边的老婆子，这句话，骤听使人不能相信，少女也不肯承认，实则现在的老婆子都是由如花的少女“渐渐”变成的。

人之能堪受境遇的变衰，也全靠这“渐”的助力。巨富的纨绔子弟因屡次破产而“渐渐”荡尽其家产，变为贫者；贫者只得做佣工，佣工往往变为奴隶，奴隶容易变为无赖，无赖与乞丐相去甚近，乞丐不妨做偷儿……这样的例，在小说中，在实际上，均多得很。因为其变衰是延长为十年二十年而一步一步地“渐渐”地达到的，在本人不感到甚么强烈的刺激。故虽到了饥寒病苦刑笞交迫的地步，仍是熙熙然贪恋着目前的生的欢喜。假如一位千金之子忽然变了乞丐或偷儿，这人一定愤不欲生了。

这真是大自然的神秘的原则，造物主的微妙的工夫！阴阳潜移，春秋代序，以及物类的衰荣生杀，无不暗合于这法则。由萌芽的春“渐渐”变成绿荫的夏，由凋零的秋“渐渐”变成枯寂的冬。我们虽已经历数十寒暑，但在围炉拥衾的冬夜仍是难于想象饮冰挥扇的夏日的心情；反之亦然。然而由冬一天一天地、一时一时地、一分一分地、一秒一秒地移向夏，由夏一天一天地、一时一时地、一分一分地、一秒一秒地移向冬，其间实在没有显著的痕迹可寻。昼夜也是如此：傍晚坐在窗下看书，书页上“渐渐”地黑起来，倘不断地看下去（目力能因了光的渐弱而渐渐加强），几乎永远可以认识书页上的字迹，即不觉昼之已变为夜。黎明凭窗，不瞬目地注视东天，也不辨自夜向昼的推移的痕迹。儿女渐渐长大起来，在朝夕相见的父母全不觉得，难得见面的远亲就相见不相识了。往年除夕，我们曾在红蜡烛底下守候水仙花的开放，真是痴态！倘水仙花果真当面开放给我们看，便是大自然的原则的破坏，宇宙的根本的摇动，世界人类的末日临到了！

“渐”的作用，就是用每步相差极微极缓的方法来隐蔽时间的过去与事物的变迁的痕迹，使人误认其为恒久不变。这真是造物主骗人的一大诡计！这有一件比喻的故事：某农夫每天朝晨抱了犊而跳过一沟，到田里去工作，夕暮又抱了它跳过沟回家。每日如此，未尝间断。过了一年，犊已渐大，渐重，差不多变成大牛，但农夫全不觉得，仍是抱了它跳沟。有一天他因事停止工作，次日再就不能抱了这牛而跳沟了。造物的骗人，使人流连于其每日每时的生的欢喜而不觉其变迁与辛苦，就是用这个方法的。人们每日在抱了日重一日的牛而跳沟，不准停止。自己误以为是不变的，其实每日在增加其苦劳！

我觉得时辰钟是人生的最好的象征了。时辰钟的针，平常一看总觉得是“不动”的；其实人造物中最常动的无过于时辰钟的针了。日常生活中的人生也如此，刻刻觉得我是我，似乎这“我”永远不变，实则与时辰钟的针一样的无常！一息尚存，总觉得我仍是我，我没有变，还是流连着我的生，可怜受尽“渐”的欺骗！

“渐”的本质是“时间”。时间我觉得比空间更为不可思议，犹之时间艺术的音乐比空间艺术的绘画更为神秘。因为空间姑且不追究它如何广大或无限，我们总可以把握其一端，认定其一点。时间则全然无从把握，不可挽留，只有过去与未来在渺茫之中不绝地相追逐而已。性质上既已渺茫不可思议，分量上在人生也似乎太多。因为一般人对于时间的悟性，似乎只够支配搭船乘车的短时间；对于百年的长期间的寿命，他们不能胜任，往往迷于局部而不能顾及全体。试看乘火车的旅客中，常有明达的人，有的宁牺牲暂时的安乐而让其座位与老弱者，以求心的太平（或博暂时的美誉）；有的见众人争先下车，而退在后面，或高呼“勿要轧，总有得下去的！”“大家都要下去的！”然而在乘“社会”或“世界”的大火车的“人生”的长期的旅客中，就少有这样的明达之人。所以我觉得百年的寿命，定得太长。像现在的世界上的人，倘定他们搭船乘车的期间的寿命，也许在人类社会上可减少许多凶险残惨的争斗，而与火车中一样的谦让，和平，也未可知。

然人类中也有几个能胜任百年的或千古的寿命的人。那是“大人格”，“大人生”。他们能不为“渐”所迷，不为造物所欺，而收缩无限的时间并空间于方寸的心中。故佛家能纳须弥于芥子。中国古诗人（白居易）说：“蜗牛角上争何事？石火光中寄此身。”英国诗人（Blake）也说：“一粒沙里见世界，一朵花里见天国；手掌里盛住无限，一刹那便是永劫。”

jiā
家

丰子恺

主人回来了，芭蕉鞠躬，樱桃点头，葡萄棚上特地飘下几张叶子来表示欢迎。

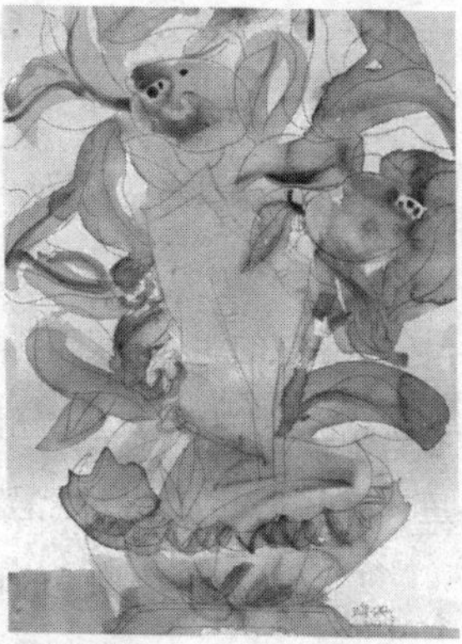

福寿双全 56×38cm 2012年 水彩

廿六（1937）年冬，我仓皇弃家，徒手出奔。所有图书器物，与缘缘堂同归于尽。卅五（1946）年秋胜利还乡，凭吊故居，但见一片草原，上有野生树木高数丈矣。忽有乡亲持一箱来，曰：此缘缘堂被毁前夕代为冒险抢出者，今以归还物主。启视之，书籍，函牍，书稿，文稿，乱杂残缺，半属废物；惟中有原稿一篇题名为“家”者依然完好。读之，十年前事，憬然在目。稿末无年月；但料是“八一三”左右所作，未及发表，委弃于堂中者。此虎口余生，亦足珍惜。遂为加序，付杂志发表。卅六（1947）年六月十日记。

从南京的朋友家里回到南京的旅馆里，又从南京的旅馆里回到杭州的别寓里，又从杭州的别寓里回到石门湾的缘缘堂本宅里，每次起一种感想，逐记如下。

当在南京的朋友家里的时候，我很高兴。因为主人是我的老朋友。我们在少年时代曾经共数晨夕。后来为生活而劳燕分飞，虽然大家形骸老了些，心情冷了些。态度板了些，说话空了些，然而心的底里的一点灵火大家还保存着，常在谈话之中互相露示。这使得我们的会晤异常亲热。加之主人的物质生活程度的高低同我的相仿佛，家庭设备也同我的相类似。我平日所需要的：一毛大洋一两的茶叶，听头的大美丽香烟，有人供给开水的热水壶，随手可取的牙签，适体的藤椅，光度恰好的小窗，他家里都有，使我坐在他的书房里感觉同坐在自己的书房里相似。加之他的夫人善于招待，对于客人表示真诚的殷勤，而绝无优待的虐待。优待的虐待，是我在做客中常常受到而顶顶可怕的。例如拿了不到半寸长的火柴来为我点香烟，弄得大家仓皇失措，我的胡须几被烧去；把我所不欢喜吃的菜蔬堆在我的饭碗上，使我无法下箸；强夺我的饭碗去添饭，使我吃得停食；藏过我的行囊，使我不得告辞。这种招待，即使出于诚意，在我认为是逐客令，统称之为优待的虐待。这回我所住的人家的夫人，全无此种恶习，但把不缺乏的香烟自来火放在你能自由取得的地方并不用自来火烧你的胡须；但把精致的菜蔬摆在你能自由挟取的地方，饭桶摆在你能自由添取的地方，而并不勉强你吃；但在你告辞的时光表示诚意的挽留，而并不监禁。这在我认为是最诚意的优待。这使得我非常高兴。英语称勿客气曰 at home。我在这主人家里做客，真同 at home 一样。所以非常高兴。

然而这究竟不是我的 home，饭后谈了一会，我惦记起我的旅馆来。我在旅馆，可以自由行住坐卧，可以自由差使我的茶房，可以凭法币之力而自由满足我的要求。比较起受主人家款待的做客生活来，究竟更为自由。我在旅馆要住四五天，比较起一饭就告别的做客生活来，究竟更为永久。因此，主人的书房的屋里虽然布置妥帖，主人的招待虽然殷勤周至，但在我总觉得不安心。所谓“凉亭虽好，不是久居之所”。饭后谈了一会，我就告别回家。这所谓“家”，就是我的旅馆。

当我从朋友家回到了旅馆里的时候，觉得很适意。因为这旅馆在各点上是称我心的。第一，它的价钱还便宜，没有大规模的笨相，像形式丑恶而不适坐卧的红木椅，花样难看而火气十足的铜床，工本浩大而不合实用、不堪入目的工艺品，我统称之为大规模的笨相。造出这种笨相来的人，头脑和眼光很短小，而法币很多。像暴发的富翁，无知的巨商，升官发财的军阀，即是其例。要看这种笨相，可以访问他们的家。我的旅馆价既便宜，其设备当然不丰。即使也有笨相——像家具形式的丑恶，房间布置的不妥，壁上装饰的唐突，茶壶茶杯的不可爱——都是小规模的笨相，比较起大规模的笨相来，犹似五十步比百步，终究差好些，至少不使人感觉暴殄天物，冤哉枉也。第二，我的茶房很老实，我回旅馆时不给我脱外衣，我洗面时不给我绞手巾，我吸香烟时不给我擦自来火，我叫他做事时不喊“是——是——”，这使我觉得很自由，起居生活同在家里相差不多。因为我家里也有这么老实的一位男工，我就不妨把茶房当作自己的工人。第三，住在旅馆里没有人招待，一切行动都随我意。出门不必对人鞠躬说“再会”，归来也没有人同我寒暄。早晨起来不必向人道“早安”，晚上就寝的迟早也不受别人的牵累。在朋友家做客，虽然也很安乐，总不及住旅馆的自由：看见他家里的人，总得想出几句话来说说，不好不去睬他。脸孔上即使不必硬作笑容，也总要装得和悦一点，不好对他们板脸孔。板脸孔，好像是一种凶相。但我觉得是最自在最舒服的一种表情。我自己觉得，平日独自闭居在家里的房间里读书、写作的时候，脸孔的表情总是严肃的，极难得有独笑或独乐的时光。若拿这种独居时的表情移用在交际应酬的座上，别人一定当我有所不快，在板脸孔。据我推想，这一定不止我一人如此。最漂亮的交际家，巧言令色之徒，回到自己家里，或房间里，甚或眠床里，也许要用双手揉一揉脸孔，恢复颜面上的表情筋肉的疲劳，然后板着脸孔皱着眉头回想日间的事，考虑明日的战略。可知无论何人，交际应酬中的脸孔多少总有些不自然，其表情筋肉多少总有些儿吃力。最自然，最舒服的，只有板着脸孔独居的时候。所以，我在孤癖发作的时候，觉得住旅馆比在朋友家做客更自在而舒服。

然而，旅馆究竟不是我的家，住了几天，我惦记起我杭州的别寓来。

在那里有我自己的什用器物，有我自己的书籍文具，还有我自己雇请着的工人。比较起借用旅馆的器物，对付旅馆的茶房来，究竟更为自由；比较起小住四五天就离去的旅馆生活来，究竟更为永久。因此，我睡在旅馆的眠床上似觉有些浮动；坐在旅馆的椅子上似觉有些不稳；用旅馆的毛巾似觉有些隔膜。虽然这房间的主权完全属我，我的心底里总有些儿不安。住了四五天，我就算账回家。这所谓家，就是我的别寓。

当我从南京的旅馆回到了杭州的别寓里的时候，觉得很自在。我年来在故乡的家里蛰居太久，环境看得厌了，趣味枯乏，心情郁结。就到离家乡还近而花样较多的杭州来暂作一下寓公，借此改换环境，调节趣味。趣味，在我是生活上一种重要的养料，其重要几近于面包。别人都在为了获得面包而牺牲趣味，或者为了堆积法币而抑制趣味。我现在幸而没有走上这两种行径，还可省下半只面包来换得一点趣味。

因此，这寓所犹似我的第二的家。在这里没有做客时的拘束，也没有住旅馆时的不安心。我可以吩咐我的工人做点我所喜欢的家常素菜，夜饭时同放学归来的一子一女共吃。我可以叫我的工人相帮我，把房间的布置改过一下，新一新气象。饭后睡前，我可以开一开蓄音机（唱机），听听新买来的几张蓄音片（唱片）。

窗前灯下，我可以在自己的书桌上读我所爱读的书，写我所愿写的稿。月底虽然也要付房钱，但价目远不似旅馆这么贵，买卖式远不及旅馆这么明显。虽然也可以合算每天房钱几角几分。但因每月一付，相隔时间太长，住房子同付房钱就好像不相联关的两件事，或者房钱仿佛白付，而房子仿佛自住。因有此种种情形，我从旅馆回到寓中觉得非常自然。

然而，寓所究竟不是我的本宅。每逢起了倦游的心情的时候，我便惦记起故乡的缘缘堂来。在那里有我故乡的环境，有我关切的亲友，有我自己的房子，有我自己的书斋，有我手种的芭蕉、樱桃和葡萄，比较起租别人的房子，使用简单的器具来，究竟更为自由；比较起暂作借住，随时可以解租的寓公生活来，究竟更为永久。我在寓中每逢要在房屋上略加装修，就觉得要考虑；每逢要在庭中种些植物，也觉得不安心，因而思念起故乡的家来。牺牲这些装修和植物，倒还在其次。能否长久享用这些设备，却是我所顾虑的。我睡在寓中的床上虽然没有感觉像旅馆里那样浮动，坐在寓中的椅上虽然没有感觉像旅馆里那样不稳，但觉得这些家具在寓中只是摆在地板上的，没有像家里的东西那样固定得同生根一般，这种倦游的心情强盛起来，我就离寓返家。这所谓家，才是我的本宅。

当我从别寓回到了本宅的时候，觉得很安心。主人回来了，芭蕉鞠躬，樱桃点头，葡萄棚上特地飘下几张叶子来表示欢迎。两个小儿女跑来牵我的衣，老仆忙着打扫房间。老妻忙着烧素菜，故乡的臭豆腐干，故乡的冬菜，故乡的红米饭。窗外有故乡的天空，门外有打着石门湾土白的行人，这些行人差不多个个是认识的。还有各种负贩的叫卖声，这些叫卖声在我统统是稔熟的。我仿佛从飘摇的舟中登上了陆，如今脚踏实地了。这里是我的最自由，最永久的本宅，我的归宿之处，我的家。我从寓中回到家中，觉得非常安心。

但到了夜深人静，我躺在床上回味上述的种种感想的时候，又不安心起来。我觉得这里仍不是我的真的本宅，仍不是我的真的归宿之处，仍不是我的真的家。四大的暂时结合而形成我这身体，无始以来种种因缘相凑合而使我诞生在这地方。偶然的呢？还是非偶然的？若是偶然的，我又何恋恋于这虚幻的身和地？若是非偶然的，谁是造物主呢？我须得寻着了他，向他那里去找求我的真的本宅，真的归宿之处，真的家。这样一想，我现在是负着四大暂时结合的躯壳，而在无始以来种种因缘凑合而成的地方暂住，我是无“家”可归的。既然无“家”可归，就不妨到处为“家”。上述的屡次的不安心，都是我的妄念所生。想到这里，我很安心地睡着了。

富贵平安之四 51×41cm 2012年

shí jiān
时 间

沈从文

正因为事事物物都可为时间作注解，

时间本身反而被人疏忽了。

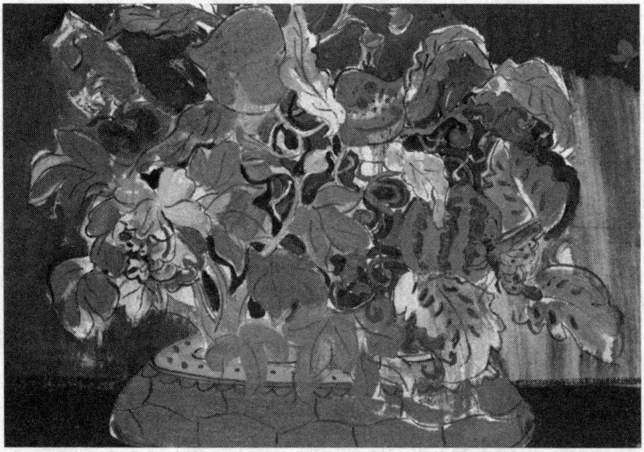

龟背生花 80×100cm 2004年 布面油彩

一切存在严格地说都需要“时间”。时间证实一切，因为它改变一切。气候寒暑，草木荣枯，人从生到死，都不能缺少时间，都从时间上发生作用。

常说到“生命的意义”或“生命的价值”。其实一个人活下去真正的意义和价值，不过占有几十个年头的时间罢了。生前世界没有他，他无意义和价值可言的；活到不能再活死掉了，他没有生命，他自然更无意义和价值可言。

正仿佛多数人的愚昧与少数人的聪明，对生命下的结论差不多都以为是“生命的意义同价值是活个几十年”，因此都肯定生活，那么吃，喝，睡觉，吵架，恋爱……活下去等待死，死后让棺木来装殓他，黄土来掩埋他，蛆虫来收拾他。

生命的意义解释的即如此单纯，“活下去，活着，倒下，死了”，未免太可怕了。因此次一等的聪明人，同次一等的愚人，对生命的意义同价值找出第二种结论，就是“怎么样来耗费这几十个年头”。虽更肯定生活，那么吃，喝，睡觉，吵架，恋爱……然而生活得失取舍之间，到底也就有了分歧。这分歧一看就明白的。大别言之，聪明人要理解生活，愚蠢人要习惯生活。聪明人以为目前并不完全好，一切应比目前更好，且竭力追求那个理想。愚蠢人对习惯完全满意，安于现状，保证习惯。（在世俗观察上，这两种人称呼常常相反，安于习惯的被呼为聪明人，怀抱理想的人却成愚蠢家伙。）

两种人即同样有个“怎么来耗费这几十个年头”的打算，要从人与人之间寻找生存的意义和价值，即或择业相同，成就却不相同。同样想征服颜色线条做画家，同样想征服乐器音声做音乐家，同样想征服木石铜牙及其他材料做雕刻家，甚至于同样想征服人身行为做帝王，同样想征服人心信仰做思想家或教主，一切结果都不会相同。因此世界上有大诗人，同时也就有蹩脚诗人，有伟大革命家，同时也有虚伪革命家。至于两种人目的不同，择业不同，那就更容易一目了然了。

看出生命的意义同价值，原来如此如此，却想在生前死后使生命发生一点特殊意义和永久价值，心性绝顶聪明，为人却好像傻头傻脑，历史上的释迦、孔子、耶稣，就是这种人。这种人或出世，或入世，或革命，或复古，活下来都显得很愚蠢，死过后却显得很伟大。屈原算得这种人另外一格，历史上这种人可并不多。可是每一时代间或产生一个两个，就很像样子了。这种人自然也只能活个几十年，可是他的观念，他的意见，他的风度，他的文章，却可以活在人类的记忆中几千年。一切人生命都有时间的限制，这种人的生命又似乎不大受这种限制。

话说回来，事事物物要时时证明，可是时间本身却又像是个极其抽象的东西，从无一个人说得明白时间是个什么样子。时间并不单独存在。时间无形，无声，无色，无臭。要说明时间的存在，还得回过头来从事事物物去取证。从日月来去，从草木荣枯，从生命存亡找证据。正因为事事物物都可为时间作注解，时间本身反而被人疏忽了。所以多数人提问到生命的意义同价值时，没有一个人敢说“生命意义同价值，只是一堆时间”。

“前不见古人，后不见来者”，这是一个真正明白生命意义同价值的人所说的话。老先生说这话时心中的寂寞可知！能说这话的是个伟人，能理解这话的也不是个凡人。目前的活人，大家都记得这两句话，却只有那些从日光下牵入牢狱，或从牢狱中牵上刑场的倾心理想的人，最了解这两句话的意义。因为说这话的人生命的耗费，同懂这话的人生命的耗费，异途同归，完全是为事实皱眉，却胆敢对理想倾心。

他们的方法不同，他们的时代不同，他们的环境不同，他们的遭遇也不相同；相同的是他们的心，同样为人类向上向前而跳跃。

xián qíng
闲 情

冰心

小孩子们真可爱，在我睡梦中，偷偷的来了，放下几束花，又走了。

福寿三多 100×80cm 2014年 布面油彩

弟弟从我头上拔下发针来，很小心的挑开了一本新寄来的月刊。看完了目录，便反卷起来，握在手里笑说：“莹哥，你真是太沉默了，一年无有消息。”

我凝思地，微微答以一笑。

是的，太沉默了！然而我不能，也不肯忙中偷闲；不自然地，造作地，以应酬为目的地，写些东西。

病的神慈悲我，竟赐予我以

最清闲最幽静的七天。

除了一天几次吃药的时间，是苦的以外，我觉得没有一时，不沉浸在轻微的愉快之中。——庭院无声。枕簟生凉。温暖的阳光，穿过苇帘，照在淡黄色的壁上。浓密的树影，在微风中徐徐动摇。窗外不时的有小鸟飞鸣。这时世上一切，都已抛弃隔绝，一室便是宇宙，花影树声，都含妙理。是一年来最难得的光阴呵，可惜只有七天！

黄昏时，弟弟归来，音乐声起，静境便砉然破了。一块暗绿色的绸子，蒙在灯上，屋里一切都是幽凉的，好似悲剧的一幕。镜中照见自己玲珑的白衣，竟悄然地觉得空灵神秘。当屋隅的四弦琴，颤动着、生涩地，徐徐奏起。两个歌喉，由不同的调子，渐渐合一。由悠扬，而宛转；由高亢，而沉缓的时候，怔忡的我，竟感到了无限的怅惘与不宁。

小孩子们真可爱，在我睡梦中，偷偷的来了，放下几束花，又走了。小弟弟拿来插在瓶里，也在我睡梦中，偷偷的放在床边几上。——开眼瞥见了，黄的和白的，不知名的小花，衬着淡绿的短瓶。……原是不很香的，而每朵花里，都包含着天真的友情。

终日休息着，睡和醒的时间界限，便分得不清。有时在中夜，觉得精神很圆满。——听得疾雷杂以疏雨，每次电光穿入，将窗台上的金钟花，轻淡清澈的映在窗帘上，又急速的隐抹了去。而余影极分明的，印在我的脑膜上。我看见“自然”的淡墨画，这是第一次。

得了许可，黄昏时便出来疏散。轻凉袭人。迟缓的步履之间，自觉很弱，而弱中隐含着一种不可言说的愉快。这情景恰如小时在海舟上——我完全不记得了，是母亲告诉我的——众人都晕卧，我独不理会，颠顿地自己走上舱面，去看海。凝注之顷，不时地觉得身子一转，已跌坐在甲板上，以为很新鲜、很有趣。每坐下一次，便喜笑个不住，笑完再起来，希望再跌倒。忽忽又是十余年了，不想以弱点为愉乐的心情，至今不改。

一个朋友写信来慰问我，说：

“东坡云‘因病得闲殊不恶’，我亦生平善病者，故知能闲真是大工夫，大学问。……如能于养神之外，偶阅《维摩经》尤妙，以天女能道尽众生之病，断无不能自己其病也！恐扰清神，余不敢及。”

因病得闲，是第一慊心事，但佛经却没有看。

荷色清清 100×40cm 2012年

xī 希 wàng 望

鲁迅

绝望之为虚妄，正与希望相同。

花开富贵之三 40×40cm 2015年

我的心分外地寂寞。

然而我的心很平安；没有爱憎，没有哀乐，也没有颜色和声音。

我大概老了。我的头发已经苍白，不是很明白的事么？我的手颤抖着，不是很明白的事么？那么我的灵魂的手一定也颤抖着，头发也一定苍白了。

然而这是许多年前的事了。

这以前，我的心也曾充满过

血腥的歌声：血和铁，火焰和毒，恢复和报仇。而忽然这些都空虚了，但有时故意地填以没奈何的自欺的希望。希望，希望，用这希望的盾，抗拒那空虚中的暗夜的袭来，虽然盾后面也依然是空虚中的暗夜。然而就是如此，陆续地耗尽了我的青春。

我早先岂不知我的青春已经逝去？但以为身外的青春固在：星，月光，僵坠的蝴蝶，暗中的花，猫头鹰的不祥之言，杜鹃的啼血，笑的渺茫，爱的翔舞……虽然是悲凉漂渺的青春罢，然而究竟是青春。

然而现在何以如此寂寞？难道连身外的青春也都逝去，世上的青年也多衰老了么？

我只得由我来肉搏这空虚中的暗夜了。我放下了希望之盾，我听到 Petofi Sandor（1823—1849）的“希望”之歌：

希望是甚么？是娼妓：
她对谁都蛊惑，将一切都献给；
待你牺牲了极多的宝贝——
你的青春——她就抛弃你。

这伟大的抒情诗人，匈牙利的爱国者，为了祖国而死在可萨克兵的矛尖上，已经七十五年了。悲哉死也，然而更可悲的是他的诗至今没有死。

但是，可惨的人生！桀骜英勇如 Petofi，也终于对了暗夜止步，回顾茫茫的东方了。他说：

绝望之为虚妄，正与希望相同。

倘使我还得偷生在不明不暗的这“虚妄”中，我就还要寻求那逝去的悲凉漂渺的青春，但不妨在我的身外。因为身外的青春倘一消灭，我身中的迟暮也即凋零了。

然而现在没有星和月光，没有僵坠的蝴蝶以至笑的渺茫，爱的翔舞。然而青年们很平安。

我只得由我来肉搏这空虚中的暗夜了，纵使寻不到身外的青春，也总得自己来一掷我身中的迟暮。但暗夜又在哪里呢？现在没有星，没有月光以至没有笑的渺茫和爱的翔舞；青年们很平安，而我的面前又竟至于并且没有真的暗夜。

绝望之为虚妄，正与希望相同！

dú shū de yì shù
读书的艺术

林语堂

什么才叫做真正读书呢？这个问题很简单。一句话说，兴味到时，拿起书本来就读，这才叫做真正的读书，这才不失读书之本意。

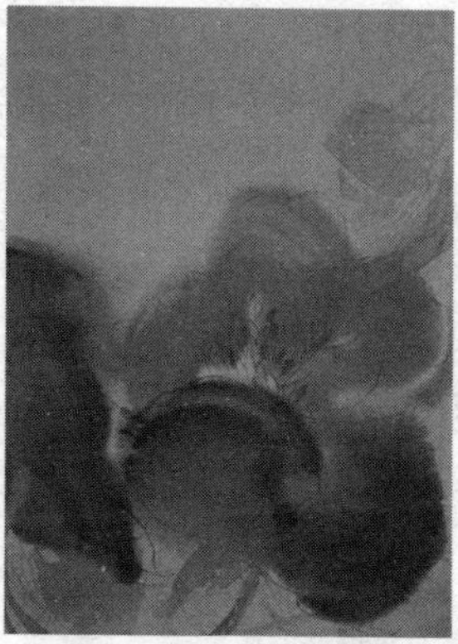

花开时节之三 32×24cm 2015年6月

此为十月二十六日为约翰大学讲稿。后得光华大学之邀，为时匆促，无以应之，即将此篇于十一月四日在光华重讲一次。

诸位，兄弟今日重游旧地，以前学生生活苦乐酸甜的滋味，都一一涌上心头。不但诸位所享弦诵的快乐，我能了解，就是诸位有时所受教员的委曲磨折，注册部的挑剔为难，我也能表同情。

兄弟今日仍在读书时期，所不同者，不怕教员的考试，无虑分数之高低，更无注册部来定我的及格不及格，升级不升级而已。现就个人所认为理想的方法，与诸位学友通常的读书方法比较研究一下。

余积二十年读书治学的经验，深知大半的学生对于读书一事，已经走入错路，失了读书的本意。读书本来是至乐之事，杜威说，读书是一种探险，如探新大陆，如征新土壤；佛兰西也已说过，读书是“魂灵的壮游”，随时可以发见名山巨川，古迹名胜，深林幽谷，奇花异卉；到了现在，读书已变成仅求幸免扣分数留班级一种苦役而已。而且读书本来是个人自由的事，与任何人不相干，现在你们读书，已经不是你们的私事，而处处要受一些不相干的人的干涉，如注册部及你们的父母妻室之类。有人手里拿一书本，心里想我将何以赡养父母，俯给妻子，这实在是一桩罪过。试想你们看《红楼梦》《水浒》《三国志》《镜花缘》，是否你们一己的私事，何尝受人的干涉，何尝想到何以赡养父母，俯给妻子的问题？但是学问之事，是与看《红楼梦》《水浒》相同，完全是个人享乐的一件事。你们若不能用看《红楼梦》《水浒》的方法去看《哲学史》《经济学大纲》，你们就是不懂得读书之乐，不配读书，失了读书之本意，而终读不成书。你们能真用看《红楼梦》《水浒》的方法去看哲学、史学、科学的书，读书才能“成名”。若用注册部的方法读书，你们最多成了一个“学士”“博士”，成了吴稚晖先生所谓“洋绅士”“洋八股”。

我认为最理想的读书方法，最懂得读书之乐者，莫如中国第一女诗人李清照及其夫赵明诚。我们想象到他们夫妇典当衣服，买碑文、水果，回来夫妻相对展玩咀嚼的情景，真使我羡慕不已。你想他们两人一面吃水果，一面赏碑帖，或者一面品佳茗，一面校经籍，这是如何的雅致，如何得了读书的真味。易安居士于《金石录·后序》自叙他们夫妇的读书生活，有一段极逼真极活跃的写照："余性偶强记，每饭罢坐归来堂，烹茶指堆积书史，言某事在某书某卷第几页第几行，以中否角胜负，为食茶先后。中即举杯大笑，至茶倾覆怀中，反不得饮而起，甘心老是乡矣！故虽处忧患困穷，而志不屈。收书既成……于是几案罗列，枕席枕藉，意会心谋，目往神授，乐在声色狗马之上。……"

你们能用李清照读书的方法来读书，能感受到李清照读书的快乐，你们大概也就可以读书成名，可以感觉读书一事，比巴黎跳舞场的"声色"，逸园的赛"狗"，江湾的赛"马"有趣。不然，还是看逸园赛狗，江湾赛马比读书开心。

什么才叫做真正读书呢？这个问题很简单。一句话说，兴味到时，拿起书本来就读，这才叫做真正的读书，这才不失读书之本意。这是李清照的读书法。你们读书时，须放开心胸，仰视浮云，无酒且过，有烟更佳。现在课堂上读书连头颈也不许你转动，这还能算为读书的正轨吗？或在暮春之夕，与你们的爱人，携手同行，共到野外读离骚经，或在风雪之夜，靠炉围坐，佳茗一壶，淡巴菰一盒，哲学、经济、诗文、史籍十数本狼藉横陈于沙发之上，然后随意所之，取而读之，这才得了读书的兴味。现在你们手里拿一本书，心里计算及格不及格，升级不升级，注册组对你的态度如何，如何靠这本书骗一只较好的饭碗，娶一位较漂亮的老婆——这还能算为读书，还配称为“读书种子”吗？还不是沦为“读书谬种”吗？

有人说，如林先生这样读书方法，简单固然简单，但是读不懂如何，而且成效如何？须知世上决无看不懂的书。有之便是作者文笔艰涩，字句不通，不然便是读者的程度不合，见识未到。各人如能就兴味与程度相近的书选读，未有不可无师自通，或事偶有疑难，未能遽然了解，涉猎既久，自可融会贯通。试问诸位少时看《红楼梦》《水浒》，何尝有人教，何尝翻字典，你们的侄儿少辈现在看《红楼梦》《西厢》，又何尝须要你们去教？许多人今日中文很好，都是由看小说、史记得来的，而且都是背着师长，偷偷摸摸硬看下去，那些书中不懂的字，不懂的句，看惯了就自然明白。学问的书也是一样，常看下去，自然会明白，遇有专门名词，一次不懂，二次不懂，三次就懂了。只怕诸位不得读书之乐，没有耐心看下去。

所以我的假定是学生会看书，肯看书；现在教育制度是假定学生不会看书，不肯看书。说学生书看不懂，在小学时可以说，在中学还可以说，但是在聪明学生，已经是一种诬蔑了。至于已进大学还要说书看不懂，这真有点不好意思吧！大约一人的脸面要紧，年纪一大，即使不能自己喂饭，也得两手拿一只饭碗硬塞到口里去，似乎不便把你们的奶妈干娘一齐都带到学校来给你们喂饭，又不便把大学教授看做你们的奶妈干娘。

至于“成效”，我的方法可以包管比现在大学的方法强。现在大学教育的成效如何，大家是很明了的。一人从六岁一直读到二十六岁大学毕业，通共读过几本书？老实说，有限得很。普通大约总不会超过四五十本以上。这还不是跟以前的秀才举人相等？从前有一位中了举人，还没听见过《公羊传》的书名，传为笑话。现在大学毕业生就有许多近代名著未曾听过名字，即中国几种重要丛书也未曾见过。这是学堂的不是，假定你们不会看书，因此也不让你们有自由看书的机会。一天到晚，总是摇铃上课，摇铃吃饭，摇铃运动，摇铃睡觉。你想一人的精神是有限的，从八点上课一直到下午四五点，还要运动，拍球，哪里还有闲工夫自由看书呢？而且凡是摇铃，都是讨厌，即使摇铃游戏，我们也有不愿意之时，何况是摇铃上课？因为学堂假定你们不会读书，不肯读书，所以把你们关在课堂，请你们静坐，用“注射”“灌输”的形式，由教员将知识注射入你们的脑壳里。无如常人头颅都是不透水的，所以知识注射普通不大成功。但是比如依我方法，假定你们是会看书，要看书，由被动式改为发动式的，给你们充分自由看书的机会，这个成效如何呢？间尝计算一下，假定上海光华，大夏或任何大学，由一千名学生，每人每期交学费一百圆，这一千名学费已经合共有十万圆。将此十万圆拿去买书，由学校预备一间空屋置备书架，扣了五千圆做办公费（再多便是罪过），把这九万五千圆的书籍放在那间空屋，由你们随便胡闹去翻看，年底拈阄分配，各人拿回去九十五圆的书，只要所用的工夫与你们上课的时间相等，一年之中，你们学问的进步，必非一年上课的成绩所可比。现在这十万圆用到哪里去，大概一成买书，而九成又拿去买奶妈的马桶，这还可以说是把你们的“读书”看做一件正经事吗？

假定你们进了这十万圆书籍的图书馆，依我的方法，随兴所之去看书，成效如何呢？有人要疑心，没有教员的指导，必定是不得要领，杂乱无章，涉猎不精，不求甚解。这自然是一种极端的假定，但是成绩还是比现在大学教育好。关于指导，自可编成指导书及种种书目。如此读了两年可以抵过在大学上课四年。第一样，我们须知道读书的方法，一方面要几种精读，一方面也要尽量涉猎翻览。两年之中能大概把二十万圆的书籍，随意翻览。知其书名作者内容大概，也就不愧为一读书人了。第二样，我们要明白，学问的事，决不是如此呆板。读书必求深入，而欲求深入，非由兴趣相近者入手不可。学问是每每互相关联的。

一人找到一种有趣味的书，必定由一问题而引起其他问题，由看一本书而不得不去找关系的十几种书，如此循序渐进，自然可以升堂入室，研磨既久，门径自熟；或是发见问题，发明新义，更可触类旁通，广求博引，以证己说，如此一步一步的深入，自可成名。这是自动的读书方法。较之现在上课听讲被动的方法，如东风过耳，这里听一点，那里听一点，结果不得其门而入，一无所获，强似多多了。第三，我们要明白，大学教育的宗旨，对于毕业的期望，不过要他博览众籍而已（be a well –read man），并不是如课中所规定，一定非逻辑八十分，心理七十五分不可，也不是说心理看了一百八十三页讲义，逻辑看了二百零三页讲义，便算完事。这种的读书，便是犯了孔子所谓“今汝画”的毛病。所谓博览群籍，无从定义，最多不过说某人“书看得不少”，某人“差一点”而已，哪里去定什么限制？说某人“学问不错”，也不过这么一句话而已，哪里可以说某书一定非读不可，某种科目是“必修科目”。一人在两年中翻览这二十万圆的书籍，大概他对于学问的内容途径，什么名著、杰作、版本、笺注，总多少有一点把握了。

现在的大学教育方法如何呢？你们的读书是极端的不自由，极端不负责。你们的学问不但有注册部定标准，简直可以称斤两的，这个斤两制，就是学校的所谓“七十八分”“八十六分”之类，及所谓多少“单位”。试问学问之事，何得称量斤两？所谓英国史七十八分，逻辑八十六分，如何解释？一人的逻辑，怎么叫做八十六分？且若谓世界上关于英国史的知识你们百分已知道了七十八分，世上岂有那样容易的事？但依现在制度，每周三小时的科目算三单位，每周二小时的科目算二单位，这样由一方块一方块的单位，慢慢堆叠而来，叠成多少立方尺的学问，于是某人“毕业”，某人是“学士”了。你想这笑话不笑话？须知我们何以有此大学制呢？是因为各人要拿文凭，因为要拿文凭，故不得不由注册部定一标准，评衡一下，就不得不让注册部来把你们

“称一称”。你们如果不拿文凭，便无被称之必要。但是你们为什么要文凭呢？说来话长。有人因为要行孝道，拿了父母的钱，心里难过，于是下定决心，要规规矩矩安心定志读几年书，才不辜负父母一番的好意及期望。这个是不对的，与遵父母之命媒妁之言恋爱女子一样的违背道德。这是你们私人读书享乐的事，横被家庭义务的干涉，是想把真理学问孝敬你们的爸爸妈妈老太婆。只因真理学问，似太渺茫，所以还是拿一张文凭具体一点为是。有人因为想要得文凭学位，每月可以多得几十块钱使你们的亲卿爱卿宁馨儿舒服一点。社会对你们的父母说，你们儿子中学毕业读了三十本书，我可给他每月四五十圆，如果再下二千圆本钱再读了三十本书，大学毕业，我可给他每月八九十圆。你们父母算盘一打，说“好”，于是议成，而送你们进大学，于是你们被称，拿文凭，果然每月八九十圆到手，成交易。这还不是你们被出卖吗？与读书之本旨何关，与我所说读书之乐又何关？但是你们不能怪学校给你们称斤两，因为你们要向他拿文凭，学堂为保持招牌信用起见，不能不如此。且必如此，然后公平交易，童叟无欺。处于今日大规模生产品（mass production）之时期，不能不划定商货之品类（standardization of products）。学问既然成为公然交易的商品，学士、硕士、博士既为大规模生产品之一，自然也不能不“划定”一下。其实这种以学问为交易之事，自古已然。如子张学干禄；子曰：“三年学，不至于谷，不易得也。”（关于往时“生员”在社会所作的孽，可参观《亭林文集·生员论》上中下三篇。）

到了这个地步，读书与入学，完全是两件事了，去原意远矣。我所希望者，是诸位早日觉悟，在明知被卖之下，仍旧不忘其初，不背读书之本意，不失读书的快乐，不昧于真正读书的艺术。并希望诸位趁火打劫，虽然被卖，钱也要拿，书也要读，如此就两得其便了。

wǒ de yuànwàng

我的愿望

林语堂

我要院中几棵竹树和梅花。

我要夏天多雨冬天爽亮的天气，

可以看见极蓝的青天。

秋葵花 42×38cm 2012年 水彩

我要一间自己的书房，可以安心工作。并不要怎样清洁齐整，房间应有几分凌乱，七分庄严中带三分随便，住起来才舒服。天花板下，最好挂一盏佛庙的长明灯，入其室，稍有油烟气味。此外还要有烟味，书味，及各种不甚了了的房味。最好是沙发上置一小书架，横陈各种书籍，可以随意翻读。种类不要多，但不可太杂，只有几种心中好读的书，及几次重读过的书——即使是天下人皆詈为无聊的书也无妨。不要理论太牵强乏味之书，只以合个人口味为限。西洋新书可与《野叟曝言》杂陈，孟德斯鸠可与福尔摩斯小说并列。

我要几套不是名士派但亦不甚时髦的长褂，及两双趁脚的旧鞋子。居家时，我要能随便闲散的自由。虽然不必效顾千里裸体读经，但在热度九十五[2]以上之热天，却应许我在佣人面前露了臂膀，穿一短背心了事。我要我的佣人随意自然，如我随意自然一样。冬天我要一个暖炉，夏天我要一个浇水浴房。

我要一个可以依然故我不必拘牵的家庭。我在楼下工作时，可听见楼上妻子言笑的声音，而在楼上工作时，却听得见楼下妻子言笑的声音。我要未失赤子之心的儿女，能同我在雨中追跑，能像我一样的喜欢浇水浴。我要一小块园地，不要有遍铺绿草，只要有泥土，可让小孩搬砖弄瓦，浇花种菜，喂几只家禽。我要在清晨时，闻见雄鸡喔喔啼的声音。我要房宅附近有几棵参天的乔木。

我要几位知心友，不必拘守成法，肯向我尽情吐露他们的苦衷。几位可与深谈的友人，同时能尊重我的癖好与我的主张。

我要一位能做好的清汤，善烧青菜的好厨子。我要一位很老的老仆，非常佩服我，但是也不甚了了我所做的是什么文章。

我要一套好藏书，几本明人小品，壁上一帧李香君画像让我供奉，案头一盒雪茄，家中一位了解我的个性的夫人，能让我自

2 这里是华氏摄氏度。

由做我的工作。

我要院中几棵竹树和梅花。我要夏天多雨冬天爽亮的天气，可以看见极蓝的青天。

我要有能做我自己的自由和敢做我自己的胆量。

蝶恋花之三 50×50cm 2015年

yōuxiánshēnghuó de chóngshàng

悠闲生活的崇尚

林语堂

一个热爱人生的人，

对于他应享受的那些快乐的时光，

一定爱惜非常，

然而同时却又须保持流浪汉特有的那种

尊严和傲慢。

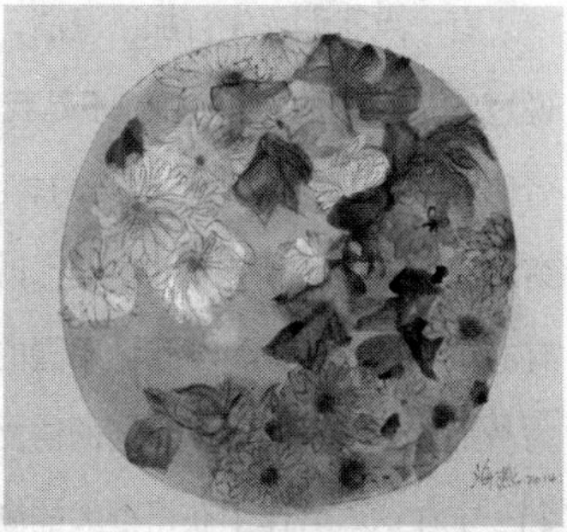
重阳秋菊 25×25cm 2014年6月

中国人之爱悠闲，有着很多交织着的原因。中国人的性情，是经过了文学的熏陶和哲学的认可的。这种爱悠闲的性情是由于酷爱人生而产生，并受了历代浪漫文学潜流的激荡，最后又由一种人生哲学——大体上可称它为道家哲学——承认它为合理近情的态度。中国人能囫囵地接受这种道家的人生观，可见他们的血液中原有着道家哲学的种子。

有一点我们须先行加以澄清，这种消闲的浪漫崇尚（我们已说过它是空闲的产物），绝不是我们一般想象中的那些有产阶级者的享受。那种观念是错误的。我们要明了，这种悠闲生活是穷愁潦倒的文士所崇尚的，他们中有的是生性喜爱悠闲的生活，有的是不得不如此，当我读中国的文学杰作时，或当我想到那些穷教师们拿了称颂悠闲生活的诗文去教穷子弟时，我不禁要想他们一定在这些著作中获得很大的满足和精神上的安慰。所谓“盛名多累，隐逸多适”，这种话对那些应试落第的人是很听得进的；还有什么“晚食可以当肉”这一类的俗语，在养不起家的人可以解嘲。中国无产阶级的青年作家们指责苏东坡和陶渊明等为罪恶的有闲阶级的智识分子，这可说是文学批评史上的最大错误了。苏东坡的诗中不过写了一些“江上清风”及“山间明月”，陶渊明的诗中不过是说了一些“夕露沾我衣”及“鸡鸣桑树颠”。难道江上清风山间明月和桑树颠的鸡鸣只有资产阶级者才能占有吗？这些古代的名人并不是空口白话地谈论着农村的情形，他们是躬亲过着穷苦的农夫生活，在农村生活中得到了和平与和谐的。

这样说来，这种消闲的浪漫崇尚，我以为根本是平民化的。我们只要想象英国大小说家劳伦斯·斯特恩（Laurence Sterne）在他有感触的旅程上的情景，或是想象英国大诗人华兹华斯（Wordsworth）和柯勒律治（Coleridge）他们徒步游欧洲，心胸中蕴着伟大的美的观念，而袋里不名一文。我们想象到这些，对于这些个浪漫主义就比较了解了。一个人不一定要有钱才可以旅行，就是在今日，旅行也不一定是富家的奢侈生活。总之，享受悠闲生活当然比享受奢侈生活便宜得多。要享受悠闲的生活只要有一种艺术家的性情，在一种全然悠闲的情绪中，去消遣一个闲暇无事的下午。正如梭罗在《沃尔登》（*Walden*）里所说的，要享受悠闲的生活，所费是不多的。

笼统说来，中国的浪漫主义者都具有锐敏的感觉和爱好漂泊的天性，虽然在物质生活上露着穷苦的样子，但情感却很丰富。他们深切爱好人生，所以宁愿辞官弃禄，不愿心为形役。在中国，消闲生活并不是富有者、有权势者和成功者独有的权利（美国的成功者更显匆忙了！）而是那种高尚自负的心情的产物，这种高尚自负的心情极像那种西方的流浪者的尊严的观念，这种流浪者骄傲自负到又不肯去请教人家，自立到不愿意工作，聪明到不把周遭的世界看得太认真。这种样子的心情是一种超脱俗世的意识而产生，并和这种意识自然地联系着的；也可说是由那种看透人生的野心、愚蠢和名利的诱惑而产生出来的。那个把他的人格看得比事业的成就来得重大，把他的灵魂看得比名利更紧要的高尚自负的学者，大家都把他认为是中国文学上最崇高的理想。他显然是一个极简朴地去过生活，而且鄙视世欲功名的人。

这一类的大文学家——陶渊明、苏东坡、白居易、袁中郎、袁子才——都曾度过一个短期的官场生活，政绩都很优良，但都为了厌倦那种磕头的勾当，要求辞职，以便可以回家去过自由自在的生活。

另外的一位诗人白玉蟾，他把他的书斋题名“慵庵”，对悠闲的生活竭尽称赞的能事：

丹经慵读，道不在书；
藏教慵览，道之皮肤。
至道之要，贵乎清虚，
何谓清虚？终日如愚。
有诗慵吟，句外肠枯；
有琴慵弹，弦外韵孤；
有酒慵饮，醉外江湖；
有棋慵弈，意外干戈；
慵观溪山，内有画图；
慵对风月，内有蓬壶；
慵陪世事，内有田庐；
慵问寒暑，内有神都。
松枯石烂，我常如如。
谓之慵庵，不亦可乎？

从上面的题赞看来，这种悠闲的生活，也必须要有一种恬静的心地和乐天旷达的观念，以及一个能尽情玩赏大自然的胸怀方能享受。诗人及学者常常自题了一些稀奇古怪的别号，如江湖客（杜甫）；东坡居士（苏东坡）；烟湖散人、襟霞阁老人等等。

没有金钱也能享受悠闲的生活。有钱的人不一定能真真领略悠闲生活的乐趣，那些轻视钱财的人才真真懂得此中的乐趣。他须有丰富的心灵，有简朴生活的爱好，对于生财之道不大在心，这样的人，才有资格享受悠闲的生活。如果一个人真的要享受人生，人生是尽够他享受的。一般人不能领略这个尘世生活的乐趣，那是因为他们不深爱人生，把生活弄得平凡、刻板，而且无聊。有人说老子是嫉恶人生的，这话绝对不对，我认为老子所以要鄙弃俗世生活，正因为他太爱人生，不愿使生活变成“为生活而生活”。

有爱必有妒。一个热爱人生的人，对于他应享受的那些快乐的时光，一定爱惜非常，然而同时却又须保持流浪汉特有的那种尊严和傲慢。甚至他的垂钓时间也和他的办公时间一样神圣不可侵犯，而成为一种教规，好像英国人把游戏当做教规一样的郑重其事。他对于他在高尔夫球总会中同他人谈论股票的市况，一定会像一个科学家在实验室中受到人家骚扰那样觉得厌恶。他一定时常计算着再有几个春天就要消逝了，为了不曾做几次遨游，而心中感到悲哀和懊丧，像一个市侩懊恼今天少卖出一些货物一样。

lùn kuài lè
论快乐

钱钟书

我们希望它来，

希望它留，

希望它再来

——这三句话概括了整个人类努力的历史。

四季平安之二 38×57cm 2014年6月 水彩

在旧书铺里买回来维尼（Vigny）的《诗人日记》（*Journald' unpote*），信手翻开，就看见有趣的一条。他说，在法语里，喜乐（bonheur）一个名词是“好”和“钟点”两字拼成，可见好事多磨，只是个把钟头的玩意儿（Si le bonheur n'tait qu'une bon ne denie!）。我们联想到我们本国话的说法，也同样的意味深永，譬如快活或快乐的快字，就把人生一切乐事的飘瞥难留，极清楚地指示出来。所以我们又概叹说："欢娱嫌夜短！"因为人在高兴的时候，活得太快，一到困苦无聊，愈觉得日脚像跛了似的，走得特别慢。德语的沉闷（langweile）一词，据字面上直译，就是"长时间"的意思。《西游记》里小猴子对孙行者说："天上一日，下界一年。"这种神话，确反映着人类的心理。天上比人间舒服欢乐，所以神仙活得快，人间一年在天上只当一日过。从此类推，地狱里比人间更痛苦，日子一定愈加难度；段成式《酉阳杂俎》就说："鬼言三年，人间三日。"嫌人生短促的人，真是最快活的人；反过来说，真快活的人，不管活到多少岁死，只能算是短命夭折。所以，做神仙也并不值得，在凡间已经三十年做了一世的人，在天上还是个未满月的小孩。但是这种"天算"，也有占便宜的地方：譬如戴君孚《广异记》载崔参军捉狐妖，"以桃枝决五下"，长孙无忌说罚得太轻，崔答："五下是人间五百下，殊非小刑。"可见卖老祝寿等等，在地上最为相宜，而刑罚呢，应该到天上去受。

"永远快乐"这句话，不但渺茫得不能实现，并且荒谬得不能成立。快过的决不会永久；我们说永远快乐，正好像说四方的圆形，静止的动作同样地自相矛盾。在高兴的时候，我们空对瞬息即逝的时间喊着说："逗留一会儿罢！你太美了！"那有什么用？你要永久，你该向痛苦里去找。不讲别的，只要一个失眠的晚上，或者有约不来的下午，或者一课沉闷的听讲——这许多，比一切宗教信仰更有效力，能使你尝到什么叫做"永生"的滋味。人生的刺，就在这里，留恋着不肯快走的，偏是你所不留恋的东西。

快乐在人生里，好比引诱小孩子吃药的方糖，更像跑狗场里引诱狗赛跑的电兔子。几分钟或者几天的快乐赚我们活了一世，忍受着许多痛苦。我们希望它来，希望它留，希望它再来——这三句话概括了整个人类努力的历史。在我们追求和等候的时候，生命又不知不觉地偷度过去。也许我们只是时间消费的筹码，活了一世不过是为那一世的岁月充当殉葬品，根本不会想到快乐。但是我们到死也不明白是上了当，我们还理想死后有个天堂，在那里——谢上帝，也有这一天！我们终于享受到永远的快乐。你看，快乐的引诱，不仅像电兔子和方糖，使我们忍受了人生，而且仿佛钓钩上的鱼饵，竟使我们甘心去死。这样说来，人生虽痛苦，却不悲观，因为它终抱着快乐的希望；现在的账，我们预支了将来去付。为了快活，我们甚至于愿意慢死。

穆勒曾把“痛苦的苏格拉底”和“快乐的猪”比较。假使猪真知道快活，那么猪和苏格拉底也相去无几了。猪是否能快乐得像人，我们不知道；但是人会容易满足得像猪，我们是常看见的。把快乐分肉体的和精神的两种，这是最糊涂的分析。一切快乐的享受都属于精神的，尽管快乐的原因是肉体上的物质刺激。小孩子初生了下来，吃饱了奶就乖乖地睡，并不知道什么是快活，虽然它身体感觉舒服。缘故是小孩子时的精神和肉体还没有分化，只是混沌的星云状态。洗一个澡，看一朵花，吃一顿饭，假使你觉得快活，并非全因为澡洗得干净，花开得好，或者菜合你口味，主要因为你心上没有挂碍，轻松的灵魂可以专注肉体的感觉，来欣赏，来审定。要是你精神不痛快，像将离别时的宴席，随它怎样烹调得好，吃来只是土气息，泥滋味。那时刻的灵魂，仿佛害病的眼怕见阳光，撕去皮的伤口怕接触空气，虽然空气和阳光都是好东西。快乐时的你一定心无愧怍。假如你犯罪而真觉快乐，你那时候一定和有道德、有修养的人同样心安理得。有最洁白的良心，跟全没有良心或有最漆黑的良心，效果是相等的。

发现了快乐由精神来决定，人类文化又进一步。发现这个道理，和发现是非善恶取决于公理而不取决于暴力，一样重要。公理发现以后，从此世界上没有可被武力完全屈服的人。发现了精神是一切快乐的根据，从此痛苦失掉它们的可怕，肉体减少了专制。精神的炼金术能使肉体痛苦都变成快乐的资料。于是，烧了房子，有庆贺的人；一箪食，一瓢饮，有不改其乐的人；千灾百毒，有谈笑自若的人。所以我们前面说，人生虽不快乐，而仍能乐观。譬如从写《先知书》的所罗门直到作《海风》诗的马拉梅（Mallarmé），都觉得文明人的痛苦，是身体困倦。但是偏有人能苦中作乐，从病痛里滤出快活来，使健康的消失有种赔偿。苏东坡诗就说："因病得闲殊不恶，安心是药更无方。"王丹麓《今世说》也记毛稚黄善病，人以为忧，毛曰："病味亦佳，第不堪为躁热人道耳！"在着重体育的西洋，我们也可以找着同样达观的人。工愁善病的诺凡利斯（Novalis）在《碎金集》里建立一种病的哲学，说病是“教人学会休息的女教师”。罗登巴煦（Rodenbach）的诗集《禁锢的生活》（*Les Vies Encloses*）里有专咏病味的一卷，说病是“灵魂的洗涤（puration）”。身体结实、喜欢活动的人采用了这个观点，就对病痛也感到另有风味。顽健粗壮的十八世纪德国诗人白洛柯斯（B.H.Brockes）第一次害病，觉得是一个“可惊异的大发现（Eine bewunderungsw rdige Erfindung）”。对于这种人，人生还有什么威胁？这种快乐，把忍受变为享受，是精神对于物质的最大胜利。灵魂可以自主——同时也许是自欺。能一贯抱这种态度的人，当然是大哲学家，但是谁知道他不也是个大傻子？

是的，这有点矛盾。矛盾是智慧的代价。这是人生对于人生观开的玩笑。

tán jiāo yǒu
谈交友

钱钟书

真正友谊的产物，只是一种渗透了你的身心的愉快。没有这种愉快，随你如何直谅多闻，也不会有友谊。

不老富贵之三 60×73cm 2007年 布面油彩

假使恋爱是人生的必需，那末，友谊只能算是一种奢侈；所以，上帝垂怜阿大（Adam）的孤寂，只为他造了夏娃，并未另造个阿二。我们常把火焰来比恋爱，这个比喻有我们意想不到的贴切。恋爱跟火同样的贪婪，同样的会蔓延，同样的残忍，消灭了坚牢结实的原料，把灰烬去换光明和热烈。像拜伦、像哥德、像缪塞野火似的卷过了人生一世，一个个白色的，栗色的，棕色的情妇的血淋淋的红心，白心，黄心（孙行者的神通），都烧炙成死灰，只算供给了燃料。情妇虽然要新的才有趣，朋友还让旧的好。时间对于友谊的磨蚀，好比水流过石子，反把它洗琢得光洁了。因为友谊不是尖利的需要，所以在好朋友间，极少发生那厌倦的先驱，一种餍足的情绪，像我们吃完最后一道菜，放下刀叉，靠着椅背，准备叫侍者上咖啡时的感觉，还当然不可一概而论，看你有的是什么朋友。

西谚云："急需或困乏时的朋友才是真正的朋友"，不免肤浅。我们有急需的时候，是最不需要朋友的时候。朋友有钱，我们需要他的钱；朋友有米，我们缺乏的是他的米。那时节，我们也许需要真正的朋友，不过我们真正的需要并非朋友。我们讲交情，揩面子，东借西挪，目的不在朋友本身，只是把友谊作为可利用的工具，顶方便的法门。常时最知情识趣的朋友，在我们穷急时，他的风趣，他的襟抱，他的韵度，我们都无心欣赏了。两袖包着清风，一口咽着清水，而云倾听良友清谈，可忘饥渴，即清高到没人气的名士们，也未必能清苦如此。此话跟刘孝标所谓势交利交的一派牢骚，全不相干，朋友的慷慨或吝啬，肯否排难济困，这是一回事；我们牢不可破的成见，以为我和某人既有朋友之分，我有困难，某人理当扶助，那是另一回事。尽许朋友疏财仗义，他的竟算是我的，在我穷急告贷的时节，总是心存不良，满口亲善，其实别有作用。试看世间有多少友谊，因为有求不遂，起了一层障膜；同样，假使我们平日极瞧不起，最不相与的人，能在此时帮忙救急，反比平日的朋友来得关切，我们感激之余，可以立刻结为新交，好几年积累的友谊，当场转移对象。在困乏时的友谊，是最不值钱了——不，是最可以用钱来估定价值了！我常感到，自《广绝交论》以下，关于交谊的诗文，都不免对朋友希望太奢，批评太刻，只说做朋友的人的气量小，全不理会我们自己人穷眼孔小，只认得钱类的东西，不认得借未必有，有何必肯的朋友。古尔斯密（Goldsmith）的东方故事《阿三痛史》（*The Tragedy of Asem*），颇少人知，1877年出版的单行本，有一篇序文，中间说，想创立一种友谊测量表（Philometer），以朋友肯借给他的钱多少，定友谊的高下。这种沾光揩油的交谊观，甚至雅人如张船山，也未能免除，所以他要怨什么"事能容俗犹嫌傲，交为通财渐不亲"。《广绝交论》只代我们骂了我们的势利朋友，我们还需要一篇《反绝交论》，代朋友来骂他们的势利朋友，就是我们自己。《水浒》里写宋江刺配江州，戴宗向他讨人情银子，宋江道："人情，人情，在人情愿！"真正至理名言，比刘孝标、张船山等的见识，高出万倍。说也奇怪，这句有"恕"道的话，偏出诸船火儿张横所谓"不爱交情只爱钱"，打家劫舍的强盗头子，这不免令人摇头叹息了：第一叹来，叹惟有强盗，反比士大夫辈明白道理！然而且慢，还有第二叹；第二叹来，叹明白道理，而不免放火杀人，言行不符，所以为强盗也！

从物质的周济说到精神的补助，我们便想到孔子所谓直谅多闻的益友。这个漂白的功利主义，无非说，对于我们品性和智识有利益的人，不可不与结交。我的偏见，以为此等交情，也不甚巩固。孔子把直谅的益友跟“便僻善柔”的损友反衬，当然指那些到处碰得见的，心直口快，规过劝善的少年老成人。生就斗蟋蟀般的脾气，一搠一跳，护短非凡，为省事少气恼起见，对于喜管闲事的善人们，总尽力维持着尊敬的距离。不过，每到冤家狭路，免不了听教训的关头，最近涵养功深，子路闻过则喜的境界，不是区区夸口，颇能做到。听直谅的“益友”规劝，你万不该良心发现，哭丧着脸；他看见你惶恐觳觫的表情，便觉得你邪不胜正，长了不少气势，带骂带劝，说得你有口难辩，然后几句甜话，拍肩告别，一路上忻然独笑，觉得替天行道，做了无量功德。反过来，你若一脸堆上浓笑，满口承认；他说你骂人，你便说像某某等辈，不但该骂，并且该杀该剐，他说你刻毒，你就说，岂止刻毒，还想下毒，那时候，该他拉长了像烙铁熨过的脸，哭笑不得了。

大凡最自负心直口快，喜欢规过劝善的人，像我近年来所碰到的基督教善男信女，同时最受不起别人的规劝。因此你不大看见直谅的人，彼此间会产生什么友谊；大约直心肠颇像几何学里的直线，两条平行了，永远不会接合。照我想来，心直口快，无过于使性子骂人，而这种直谅的“益友”从不骂人，顶反对你骂人。他们找到他们认为你的过失，绝不痛痛快快地骂，只是婆婆妈妈地劝告，算是他们的大度包容。骂是一种公道的竞赛，对方有还骂的机会；劝却不然，先用大帽子把你压住，无抵抗的让他攻击，卑怯不亚于打落水狗。他们喜欢规劝你，所以，他们也喜欢你有过失，好比医生要施行他手到病除的仁心仁术，总先希望你害病。这样的居心险恶，无怪基督教为善男信女设立天堂。真的，没有比进天堂更妙的刑罚了；设想四周围都是无瑕可击，无过可规的善人，此等心直口快的“益友”无所施其故技，心痒如有臭虫叮，舌头因不用而起铁锈的苦痛。泰勒（A.E.Taylor)《道学先生的信仰》（*Faith of a Moralist*）书里说，读了但丁《神曲·天堂篇》，有一个印象，觉得天堂里空气沉闷，诸仙列圣只希望下界来个陌生人，谈话消遣。我也常常疑惑，假使天堂好玩，何以但丁不像乡下人上城的东张西望，倒失神落魄，专去注视琵雅德丽史的美丽的眼睛，以致受琵雅德丽史婉妙的数说：“回过头去罢！我的眼睛不是唯一的天堂（Che non pur ne'miei occhi eparadiso）。”

天堂并不如史文朋（Swinburne)所说，一个玫瑰花园，充满了浪上人火来的姑娘（A rose garden full of Stunners），浪上人火来的姑娘，是裸了大腿，跳舞着唱“天堂不是我的分”的。史文朋一生叛教，哪知此中底细？古法文传奇《乌开山与倪高来情史》（*Aucassin et Nicolette*）说，天堂里全是老和尚跟残废的叫化子；风流武侠的骑士反以地狱为归宿。雷诺（Renan）《自传续编》（*Feuilles detachees*）序文里也说，天堂中大半是虔诚的老婆子（vieilles devotes），无聊得要命；雷诺教士出身，说话当然靠得住。假使爱女人，应当爱及女人的狗，那么，真心结交朋友，应当忘掉朋友的过失。对于人类应负全责的上帝，也只能捏造——捏了泥土创造，并不能改造，使世界上坏人变好；偏是凡夫俗子倒常想改造朋友的品性，真是岂有此理。一切罪过，都是一点未凿的天真，一角消毁不尽的个性，一条按压不住的原始的行动，脱离了人为的规律，归宁到大自然的老家。抽象地想着了罪恶，我们也许会厌恨；但是罪恶具体地在朋友的性格里衬托出来，我们只觉得他的品性产生了一种新的和谐，或者竟说是一种动人怜惜的缺陷，像古磁上一条淡淡的裂缝，奇书里一角缺页，使你心窝里涌出加倍的爱惜。心直口快的劝告，假使出诸美丽的异性朋友，如闻裂帛，如看快刀切菜，当然乐于听受。不过，照我所知，美丽的女郎，中外一例，说话无不打着圈儿挂了弯的；只有身段缺乏曲线的娘们，说话也笔直到底。因此，直谅的"益友"，我是没有的，我也不感到"益友"的需要。无友一身轻，威斯娄（Whistler）的得意语，只算替我说的。

多闻的"益友"，也同样的靠不住。见闻多，记诵广的人，也许可充顾问，未必配做朋友，除非学问以外，他另有引人的魔力。德白落斯（President de Brosses）批评伏尔泰道："别人敬爱他，无非为他做的诗好。确乎他的诗做得不坏，不过，我们只该爱他的诗（Mais ce sont ses vers qu'il fautadmiter）"——言外之意，当然是，我们不必爱他的人。我去年听见一句话，更为痛快。一位男朋友怂恿我为他跟一位女朋友撮合，生平未做媒人，好奇地想尝试一次。见到那位女朋友，声明来意，第一项先说那位男朋友学问顶好，正待极合科学方法的数说第二项第三项，那位姑娘轻冷地笑道："假使学问好便该嫁他，大学文科老教授里有的是鳏夫。"这两个例子，对于多闻的"益友"，也可应用。譬如看书，参考书材料最丰富，用处最大，然而极少有人认它为伴侣的读物。颐德（Andre Gide）《日记》（*Pages de Journal 1929—1932*）有个极妙的测验。他说，关于有许多书，我们应当问：这种书给什么人看（Qui peut leslire）？关于有许多人，我们应该问：这种人能看什么书（Que peu-vent-ils lire）？照此说法，多闻的"益友"就是专看参考书的人。多闻的人跟参考书往往同一命运，一经用过，仿佛挤干的柠檬，嚼之无味，弃之不足惜。并且，打开天窗说亮话，世界上没有一个人不在任何方面比我们知道得多，假使个个要攀为朋友，哪里有这许多情感来分配？伦敦东头自告奋勇做向导的顽童，巴黎夜半领游俱乐部的瘪三，对于垢污的神秘，比你的见闻来得广博，若照多闻益友的原则，几个酒钱，还够不上朋友通财之谊。多闻的"多"字，表现出数量的注重。记诵不比学问；大学问家的学问跟他整个的性情陶融为一片，不仅有丰富的数量，还添上个别的性质；每一个琐细的事实，都在他的心血里沉浸滋养，长了神经和脉络，是你所学不会，学不到的。反过来说，一个参考书式的多闻者（章实斋所谓横通），无论记诵如何广博，你总能把他吸收到一干二净。学校里一般教师，授完功课后的精神的储蓄，缩挤得跟所发讲义纸一样的扁薄了！普通师生之间，不常发生友谊，这也是一个原因。根据多闻的原则而产出的友谊，当然随记诵的增减为涨缩，不稳固可想而知。

自从人工经济的科学器具发达以来，“多闻”之学似乎也进了一个新阶段。唐李渤问归宗禅师云：“芥子何能容须弥山？”师言：“学士胸藏万卷书，此心不过如椰子大，万卷书何处著？”记得王荆公《寄蔡天启诗》，袁随园《秋夜杂诗》，也有类似的说法。现在的情形可大不相同了，时髦的学者不需要心，只需要几只抽屉，几百张白卡片，分门别类，做成有引必得的“引得”，用不着头脑更去强记。但得抽屉充实，何妨心腹空虚。最初把抽屉来代替头脑，久而久之，习而俱化，头脑也有点木木然接近抽屉的质料了。我敢预言，在最近的将来，木头或阿木林等谩骂，会变成学者们最尊敬的称谓，“朴学”一个名词，将发生新鲜的意义。

这并不是说，朋友对于你毫无益处；我不过解释，能给你身心利益的人，未必就算朋友。朋友的益处，不能这样拈斤播两的讲。真正的友谊的形成，并非由于双方有意的拉拢，带些偶然，带些不知不觉。在意识层底下，不知何年何月潜伏着一个友谊的种子，咦！看它在心面透出了萌芽。在温暖固密，春夜一般的潜意识中，忽然偷偷的钻进了一个外人，哦！原来就是他！真正友谊的产物，只是一种渗透了你的身心的愉快。没有这种愉快，随你如何直谅多闻，也不会有友谊。接触着你真正的朋友，感觉到这种愉快，你内心的鄙吝残忍，自然会消失，无需说教似的劝导。你没有听过穷冬深夜壁炉烟囱里呼啸着的风声么？像把你胸怀间的郁结体贴出来，吹荡到消散，然而不留语言文字的痕迹，不受金石丝竹的束缚。

百读不厌的黄山谷《茶词》说得最妙："恰如灯下故人，万里归来对影；口不能言，心下快活自省。"以交友比吃茶，可谓确当，存心要交"益友"的人，便不像中国古人的品茗，而颇像英国人下午的吃茶了：浓而苦的印度红茶，还要方糖牛奶，外加面包牛油糕点，甚至香肠肉饼子，干的湿的，热闹得好比水陆道场，胡乱填满肚子完事。在我一知半解的几国语言里，没有比中国古语所谓"素交"更能表出友谊的骨髓。一个"素"字把纯洁真朴的交情的本体，形容尽致。素是一切颜色的基础，同时也是一切颜色的调和，像白日包含着七色。真正的交情，看来像素淡，自有超越死生的厚谊。假使交谊不淡而腻，那就是恋爱或者柏拉图式的友情了。中国古人称夫妇为"腻友"，也是体贴入微的隽语，外国文里找不见的。所以，真正的友谊，是比精神或物质的援助更深微的关系。蒲伯（Pope）对鲍林白洛克（Bolingbroke）的称谓，极有斟酌，极耐寻味："哲人，导师，朋友（Philosopher,Guide,Friend）。"我有大学时代五位最敬爱的老师，都像蒲伯所说，以哲人导师而更做朋友的；这五位老师以及其他三四位好朋友，全对我有说不尽的恩德；不过，我跟他们的友谊，并非由于说不尽的好处，倒是说不出的要好。孟太尼（Montaigne）解释他跟拉白哀地（La Boetie）生死交情的话，颇可借用："因为他是他，因为我是我"，没有其他的话可说。素交的素字已经把这个不着色相的情谊体会出来了；"口不能言"的快活也只可采取无字天书的作法去描写罢。

还有一类朋友，与素交略有不同。这一等朋友大多数是比你年纪稍轻的总角交。说你戏弄他，你偏爱他；说你欺侮他，你却保护他，仿佛约翰生和鲍斯威儿的关系。这一类朋友，像你的一个小小的秘密，是你私有，不大肯公开，只许你对他嘻笑怒骂。素交的快活，近于品茶；这一类狎友给你的愉快，只能比金圣叹批西厢所谓隐处生疥，闭户痛搔，不亦快哉。颐罗图（Jean Giraudoux）《少女求夫记》（*Juliette au pays des hommes*）有一节妙文，刻画微妙舒适的癣痒（Un Chatouille-ment exquis,un eczema ，incomparahle,uue adorablement,d'elicieuse gale）也能传出这个感觉。

本来我的朋友就不多，这三年来，更少接近的机会，只靠着不痛快的通信。到欧洲后，也有一二个常过往的外国少年，这又算得什么朋友？分手了，回到中国，彼此间隔着"惯于离间一回的大海"（Estranging seas），就极容易的忘怀了。这个种族的门槛，是跨不过的。在国外的友谊，在国外的恋爱，你想带回家去么？也许是路程太远了，不方便携带这许多行李；也许是海关太严了，付不起那许多进出口税。英国的冬天，到一二月间才来，去年落不尽的树叶，又簌簌地随风打着小书室的窗子。想一百年前的穆尔（Thomas Moore）定也在同样萧瑟的气候里，感觉到"故友如冬叶，萧萧四落稀"的凄凉（When i remember all the friends so linked together,I've seen around me fall like leaves in wintry weather）。对于秋冬萧杀的气息，感觉顶敏锐的中国诗人自卢照邻高瞻直到沈钦圻陈嘉淑，早有一般用意的名句。金冬心的"故人笑比庭中树，一日秋风一日疏"，更觉染深了冬夜的孤寂。然而何必替古人们伤感呢！我的朋友个个都好着，过两天是星期一，从中国经西伯利亚来的信，又该到牛津了，包你带来朋友的消息。

àì qíng yào lěng jìng
爱情要冷静

傅雷

一切不能急，越是事关重要，越要心平气和，态度安详，从长考虑，细细观察，力求客观！

多子多福之三 140×80cm 2012年

亲爱的孩子：

很高兴知道你有了一个女友，也高兴你现在就告诉我们，让我们有机会多指导你。对恋爱的经验和文学艺术的研究，朋友中数十年悲欢离合的事迹和平时的观察思考，使我们在儿女的终身大事上能比别的父母更有参加意见的条件，帮助你过这一人生的大关。

首先态度和心情都尽可能的冷静，否则观察不会准确。初期交往容易感情冲动，单凭印象，只看见对方的优点，看不出缺点，便是与同性朋友相交也不免如此，对异性更是常有的事。感情激动时期不仅会耳不聪，目不明，看不清对方；自己也会无意识的只表现好的一方面，把缺点隐藏起来。保持冷静还有一个好处，就是不至于为了谈恋爱而荒废正业，或是影响功课，或是浪费时间，或是损害健康，或是遇到或大或小的波折时扰乱心情。

所谓冷静，不但表面的行动，尤其内心和思想都要做到这点，是很难。人总是人，感情上来，不容易控制，年轻人没恋爱经验更难保持身心的平衡。同时与各人的气质有关。我生平总不能临事沉着，极易激动，这是我的大缺点。幸而事后还能客观分析，周密思考，才不至于使当场的意气继续发展，闹得不可收拾。我告诉你这一点，让你知道如临时不能克制，过后必须由理智来控制大局；该纠正的就纠正，该向人道歉的就道歉，该收篷时就收篷。总而言之，以上二点归纳起来只是：感情必须由理智控制。要做到，必须下一番苦功在实际生活中长期锻炼。

我一生从来不曾有过“恋爱至上”的看法。“真理至上”“道德至上”“正义至上”，这种种都应当作立身的原则。恋爱不论在如何狂热的高潮阶段也不能侵犯这些原则。朋友也好，爱人也好，一遇到重大关头，与真理、道德、正义……等等有关问题，决不能让步。

其次，人是最复杂的动物，观察决不可简单化，而要耐心、细致、深入，经过相当的时间、各种不同的事故和场合。处处要把客观精神和大慈大悲的同情心结合起来。对方的优点，要认清是不是真实可靠的，是不是你自己想象出来的，或者是夸大的。对方的缺点，要分出是不是与本质有关。与本质有关的缺点，不能因为其他次要的优点多而加以忽视。次要的缺点也得辨别是否能改，是否发展下去会影响品性或日常生活。人人都有缺点，谈恋爱的男女双方都是如此。问题不在于找一个全无缺点的对象，而是要找一个双方缺点都能各自认识，各自承认，愿意逐渐改，同时能彼此容忍的伴侣（此点很重要。有些缺点双方都能容忍；有些则不能容忍，日子一久即造成裂痕。）最好双方尽量自然，不要做作，各人都拿出真面目来，优缺点一齐让对方看到。必须彼此看到了优点，也看到了缺点，觉得都可以相忍相让，不会影响大局的时候，才谈得上进一步的了解；否则只能做一个普通的朋友。可是要完全看出彼此的优缺点，需要相当时间，也需要各种大大小小的事故来考验；绝对急不来！更不能轻易下结论！（不论是好的结论或坏的结论）唯有极坦白，才能暴露自己；而暴露自己的缺点总是越早越好，越晚越糟！为了求恋爱成功而尽量隐藏自己的缺点的人其实是愚蠢的。当然，在恋爱中不自觉地表现出自己的光明面，不知不觉隐藏自己的缺点，不在此例。因为这是人的本能，而且也证明爱情能促使我们进步，往善与美的方向发展，正是爱情的伟大之处，也是古往今来的诗人歌颂爱情的主要原因……

事情主观上固盼望必成，客观方面仍须有万一不成的思想准备。为了避免失恋等等痛苦，这一点“明智”我觉得一开头就应当充分掌握……

一切不能急，越是事关重要，越要心平气和，态度安详，从长考虑，细细观察，力求客观！感情冲上高峰很容易，无奈任何事物的高峰（或高潮）都只能维持一个短时间，要久而弥笃的维持长久的友谊可很难了……

除了优胜缺点，两人性格脾气是否相投也是重要因素。刚柔、软硬、缓急的差别要能相互适应调剂。还有许多表现在举动、态度、言笑、声音……之间说不出也数不清的小习惯，在男女之间也有很大作用，要弄清这些，就得冷眼旁观，慢慢咂摸。……诗人常说爱情是盲目的，但不盲目的爱情毕竟更健全更可靠。人的雅俗和胸襟器量也是要非常注意的。……你自幼看惯家里的作风，想必不会忍受量窄心浅的性格。

以上谈的全是笼笼统统的原则问题……

长相身材虽不是主要考虑点，但在一个爱美的人也不能过于忽视。

交友期间，尽量少送礼物、少花钱：一方面表明你的恋爱观念与物质关系极少牵连；另一方面也是考验对方。

傅雷

chuī niú de miào yòng
吹牛的妙用

庐隐

“我的著作等身，

只可恨被一把野火烧掉了！”

重阳秋菊之三 54×78cm 2014年6月

吹牛是一种夸大狂，在道德家看来，也许认为是缺点，可是在处世接物上却是一种呱呱叫的妙用。假使你这一生缺少了吹牛的本领，别说好饭碗找不到，便连黄包车夫也不放你在眼里的。

西洋人究竟近乎白痴，什么事都只讲究脚踏实地去做，这样费力气的勾当，我们聪明的中国人，简直连牙齿都要笑掉了。西洋人什么事都讲究按部就班的慢慢来，从来没有平地登天的捷径，而我们中国人专门走捷径，而走捷径的第一个法门，就是善吹牛。

吹牛是一件不可看轻的艺术，就如《修辞学》上不可缺少“张喻”一类东西一样，像李白什么“黄河之水天上来”又是什么“白发三千丈”，这在修辞学上就叫作“张喻”，而在不懂修辞学的人看来，就觉得李太白在吹牛了。

而且实际上说来，吹牛对于一个人的确有极大的妙用。人类这个东西，就有这么奇怪，无论什么事，你若老老实实的把实话告诉他，不但不能激起他共鸣的情绪，而且还要轻蔑你冷笑你，假使你见了那摸不清你根底的人，你不管你家里早饭的米是当了被褥换来的，你只要大言不惭地说“某部长是我父亲的好朋友，某政客是我拜把子的叔公，我认得某某巨商，我的太太同某军阀的第五位太太是干姊妹”吹起这一套法螺来，那摸不清你的人，便帖帖服服的向你合十顶礼，说不定碰得巧还恭而且敬的请你大吃一顿宴菜席呢！

吹牛有了如许的好处，于是无论哪一类的人，都各尽其力的大吹其牛了。但是且慢！吹牛也要认清对手的。不然的话，必难打动他或她的心弦，那么就失掉吹牛的功效了。比如说你见了一个仰慕文人的无名作家或学生时，而你自己要充老前辈时，你不用说别的，只要说胡适是我极熟的朋友，郁达夫是我最好的知己，最妙你再转弯抹角的去探听一些关于胡适、郁达夫琐碎的轶事，比如说胡适最喜欢听什么，郁达夫最讨厌什么，于是便可以亲亲切切的叫着“适之怎样怎样，达夫怎样怎样”，这样一来，你便也就成了胡适、郁达夫同等的人物，而被人所尊敬了。

如果你遇见一个好虚荣的女子呢，你就可以说你周游过列国，到过土耳其、南非洲——并且还是自费去的，这样一来就可以证明你不但学识阅历丰富，并且还是个资产阶级。于是乎你的恋爱便立刻成功了。

你如遇见商贾、政僚、军阀，都不妨察言观色，投其所好，大吹而特吹之，总而言之，好色者以色吹之，好利者以利吹之，好名者以名吹之，好权势者以权势吹之，此所谓以毒攻毒之法，无往而不利。

或曰吹牛妙用虽大，但也要善吹，否则揭穿西洋镜，便没有戏可唱了。

这当然是实话，并且吹牛也要有相当的训练，第一要不红脸，你虽从来没有著过一本半本的书，但不妨咬紧牙根说“我的著作等身，只可恨被一把野火烧掉了！”你家里因为要请几个漂亮的客人吃饭，现买了一副碗碟，你便可以说“这些东西十年前就有了”，以表示你并不因为请客受窘。假如你荷包里只剩下一块大洋，朋友要邀你坐下来八圈，你就可以说：“我的钱都放在银行里，今天竟匀不出工夫去取！”假如那天你的太太感觉你没多大出息时，就可以说张家大小姐说我的诗作的好，王家少奶奶说我的脸子漂亮而有丈夫气，这样一来太太便立刻加倍的爱你了。

这一些吹牛经，说不胜说，但神而明之，存乎其人！

tán xiū xi
谈 休 息

朱光潜

人须有生趣才能有生机。生趣是在生活中所领略得的快乐，生机是生活发扬所需要的力量。

喜上眉梢 60×80cm 2004年 布面油彩

一般人以为多延长工作的时间就可以多收些效果，比如说，一天能走一百里路，多走一天，就可以多走一百里路，如此天天走着不歇，无论走得多久，都可以维持一百里的速度。凡是走过长路的人都知道这算盘打得不很精确，走久了不歇，必定愈走愈慢，以至完全走不动。我们走路的秘诀，“不怕慢，只怕站”，实在只有片面的真理。永远站着固然不行，永远不站也不一定能走得远，不站就须得慢，有时延误事机；而偶尔站站却不至于慢，站后再走是加速度的唯一办法。我们中国人做事的通病就在怕站而不怕慢，慢条斯理地不死不活地望着挨，说不做而做着并没有歇，说做并没有做出什么名色来。许多事就这样因循耽误了。我们只讲工作而不讲效率，在现代社会中，不讲效率，就要落后。西方各国都把效率看成一个迫切的问题，心理学家对这问题作了无数的实验，所得的结论是，以同样时间去做同样工作，有休息的比没有休息的效率大得多。比如说，一长页的算学加法习题，继续不断地去做要费两点钟，如果先做五十分钟，继以二十分钟的休息，再做五十分钟。也还可以做完，时间上无损失而错误却较少。西方新式工厂大半都已应用这个原则去调节工作和休息的时间，其实不休息的工作才真是浪费时间。此外还有精力的损耗更不经济。拿中国人与西方人相比，可工作的年龄至少有二十年的差别。我们到五六十岁就衰老无能为力，他们那时还正年富力强，事业刚开始，这分别有多大！

休息不仅为工作蓄力，而且有时工作必须在休息中酝酿成熟。法国大数学家潘嘉赉研究数学上的难题，苦思不得其解，后来跑到街上闲逛，原来费尽气力不能解决的难题却于无意中就轻轻易易地解决了。据心理学家的解释，有意识作用的工作须得退到潜意识中酝酿一阵，才得着土生根。通常我们在放下一件工作之后，表面上似在休息，而实际上潜意识中那件工作还在进行。

哲姆士有“夏天学溜冰，冬天学泅水”的比喻。溜冰本来是前冬练习的，今夏无冰可溜，自然就想不到溜冰，算是在休息，但是溜冰的肌肉技巧却恰在此时凝固起来。泅水也是如此，一切学习都如此。比如我们学写字，用功甚勤，进步总是显得很慢，有时甚至越写越坏。但是如果停下一些时候再写，就猛然觉得字有进步。进步之后又停顿，停顿之后又进步，如此辗转多次，字才易写得好。习字需要停顿，也是因为要有时间让筋肉技巧在潜意识中酝酿凝固。习字如此，习其他技术也是如此。休息的工夫并不是白费的，它的成就往往比工作的成就更重要。

“佛说四十二章经”里有一段故事，戒人为学不宜操之过急，说得很好：“沙门夜诵迦叶佛遗教经，其声悲紧，思悔欲退。佛问之曰：‘汝昔在家，曾为何业？’对曰：‘爱弹琴。’佛言：‘弦缓如何？’对曰：‘不鸣矣。’‘弦急如何？’对曰：‘声绝矣。’‘急缓得中如何？’对曰：‘诸言普矣。’佛曰：‘沙门学道亦然。心若调适，道可得矣。于道若暴，暴即身疲；其身若疲，意即生恼，行即退矣。’”我国先儒如程朱诸子教人为学，亦常力戒急迫，主张“优游涵泳”。这四个字含有妙理，它所指的功夫是猛火煎后的慢火煨，紧张工作后的潜意识的酝酿。要“优游涵泳”，非有充分休息不可。大抵治学和治事，第一件事是清明在躬，从容而灵活，常做得自家的主宰，提得起放得下。急迫躁进最易误事。我有时写字或作文，在意兴不佳或微感倦怠时，手不应心，心里愈想好，而写出来的愈坏，在此时仍不肯丢下，带着几分气忿的念头勉强写下去，写成要不得就扯去，扯去重写仍是要不得，于是愈写愈烦躁，愈烦躁也就写得愈不像样。假如在发现神思不旺时立即丢开，在乡下散步，吸一口新鲜空气，看着蓝天绿水，陡然间心旷神怡，回头来再伏案做事，便觉精神百倍，本来做得很艰苦而不能成功的事，现在做起来却有手挥目送之乐，轻轻易易就做成了。不但做文写字如此，要想任何事做得好，做时必须精神饱满，工作成为乐事。一有倦怠或烦躁的意思，最好就把它搁下休息一会儿，让精神恢复后再来。

人须有生趣才能有生机。生趣是在生活中所领略得的快乐，生机是生活发扬所需要的力量。诸葛武侯所谓“宁静以致远”就包含生趣和生机两个要素在内，宁静才能有丰富的生趣和生机，而没有充分休息做优游涵泳的功夫的人们决难宁静。世间有许多过于苦的人，满身是尘劳，满腔是杂念，时时刻刻都为环境的需要所驱遣，如机械一般流转不息，自己做不得自己的主宰，呆板枯燥，没有一点生人之趣。这种人是环境压迫的牺牲者，没有力量抬起头来驾驭环境或征服环境，在事业和学问上都难有真正的大成就。我认识许多穷苦的农人，孜孜不辍的老学究和一天在办公室坐八小时的公务员，都令我起这种感想。假如一个国家里都充满着这种人，我们很难想象出一个光明世界来。

基督教的圣经叙述上帝创造世界的经过，于每段工作完成之后都赞上一段说：“上帝看看他所做的事，看，每一件都很好！”到了第七天，上帝把他的工作都完成了，就停下来休息，并且加福于这第七天，因为在这一天他能够休息。这段简单的文字很可耐人寻味。我们不但需要时间工作，尤其需要时间对于我们所做的事回头看一看，看出它很好；并且工作完成了，我们需要一天休息来恢复疲劳的精神，领略成功的快慰。这一天休息的日子是值得“加福的”“神圣化的”（圣经里所用的字是 Blessed and sanctified）。在现代紧张的生活中，我们“车如流水马如龙”地向前直滚，不曾留下一点时光做一番静观和回味，以至华严世相都在特别快车的窗子里滑了过去，而我们也只是回戏盘中的木人木马，有上帝的榜样在那里而我们不去学，岂不是浪费生命！

我生平最爱陶渊明在自祭文里所说的两句话：“勤靡余劳，心有常闲”，上句是尼采所说的达奥尼苏司的精神，下句则是亚波罗的精神。动中有静，常保存自我主宰。这是修养的极境。现代人的毛病是“勤有余劳，心无偶闲”。这毛病不仅使生活索然寡味，身心俱惫，于事劳而无功，而且使人心地驳杂，缺乏冲和弘毅的气象，日日困于名缰利锁，叫整个世界日趋于干枯黑暗。但丁描写魔鬼在地狱中受酷刑，常特别着重“不停留”或“无间断”的字样。“不停留”“无间断”自身就是一种惩罚，甘受这种惩罚的人们是甘愿人间成为地狱。上帝的子孙们，让我们跟着他的榜样，加福于我们工作之后休息的时光啊！

mǎi shū
买 书

朱自清

买书也是我的嗜好，和抽烟一样。

花开时节之一 32×24cm 2015年6月

买书也是我的嗜好，和抽烟一样。但这两件事我其实都不在行，尤其是买书。在北平这地方，像我那样买，像我买的那些书，说出来真寒碜死人；不过本文所要说的既非诀窍，也算不得经验，只是些小小的故事，想来也无妨的。

在家乡中学时候，家里每月给零用一元。大部分都报效了一家广益书局，取回些杂志及新书。

那老板姓张，有点儿抽肩膀，老是捧着水烟袋；可是人好，我们不觉得他有市侩气。他肯给我们这班孩子记账。每到节下，我总欠他一元多钱。他催得并不怎么紧；向家里商量商量，先还个一元也就成了。那时候最爱读的一本《佛学易解》（贾丰臻著，中华书局印行）就是从张手里买的。那时候不买旧书，因为家里有。只有一回，不知哪儿检来《文心雕龙》的名字，急着想看，便去旧书铺访求：有一家拿出一部广州套版的，要一元钱，买不起；后来另买到一部，书品也还好，纸墨差些，却只花了小洋三角。这部书还在，两三年前给换上了磁青纸的皮儿，却显得配不上。

到北平来上学入了哲学系，还是喜欢找佛学书看。那时候佛经流通处在西城卧佛寺街鹫峰寺。在街口下了车，一直走，快到城根儿了，才看见那个寺。那是个阴沉沉的秋天下午，街上只有我一个人。到寺里买了《因明入正理论疏》《百法明门论疏》《翻译名义集》等。这股傻劲儿回味起来颇有意思；正像那回从天坛出来，挨着城根，独自个儿，探险似地穿过许多没人走的碱地去访陶然亭一样。在毕业的那年，到琉璃厂华洋书庄去，看见新版韦伯斯特大字典，定价才十四元。可是十四元并不容易找。想来想去，只好硬了心肠将结婚时候父亲给做的一件紫毛（猫皮）水獭领大氅亲手拿着，走到后门一家当铺里去，说当十四元钱。柜上人似乎没有什么留难就答应了。这件大氅是布面子，土式样，领子小而毛杂——原是用了两副“马蹄袖”拼凑起来的。父亲给做这件衣服，可很费了点张罗。拿去当的时候，也踌躇了一下，却终于舍不得那本字典。想着将来准赎出来就是了。想不到竟不能赎出来，这是直到现在翻那本字典时常引为遗憾的。

重来北平之后，有一年忽然想搜集一些杜诗。一家小书铺叫文雅堂的给找了不少，都不算贵；那伙计是个麻子，一脸笑，是铺子里少掌柜的。铺子靠他父亲支持，并没有什么好书，去年他父亲死了，他本人不大内行，让伙计吃了，现在长远不来了，他不知怎么样。说起杜诗，有一回，一家书铺送来高丽本《杜律分韵》，两本书，索价三百元。书极不相干而索价如此之高，荒谬之至，况且书面上原购者明明写着“以银二两得之”。第二天另一家送来一样的书，只要二元钱，我立刻买下。北平的书价，离奇有如此者。

旧历正月里厂甸的书摊值得看；有些人天天巡礼去。我住的远，每年只去一个下午——上午摊儿少。土地祠内外人山人海摩肩接踵地来往。也买过些零碎东西；其中有一本是《伦敦竹枝词》，花了三毛钱。买来以后，恰好《论语》要稿子，便抄了些寄去，加上一点说明，居然得着五元稿费。这是仅有的一次，买的书赚了钱。

在伦敦的时候，从寓所出来，走过近旁小街。有一家小书店门口摆着一架旧书。上前去徘徊了一下，看见一本《牛津书话选》（*The Book -Lovers'Anthology*），烫花布面，装订不马虎，四百多面，本子也不小，准有七八成新，才一先令六便士，那时合中国一元三毛钱，比东安市场旧洋书还贱些。这选本节录许多名家诗文，说到书的各方面的；性质有点像叶德辉氏《书林清话》，但不像《清话》有系统；他们旨趣原是两样的。因为买这本书，结识了那掌柜的；他以后给我找了不少便宜的旧书。有一种书，他找不到旧的；便和我说，他们批购新书按七五扣，他愿意少赚一扣，按九扣卖给我。我没有要他这么办，但是很感谢他的好意。

dēng

灯

巴金

难道是我的心在黑夜里徘徊，

它被噩梦引入了迷阵，

到这时才找到归路？

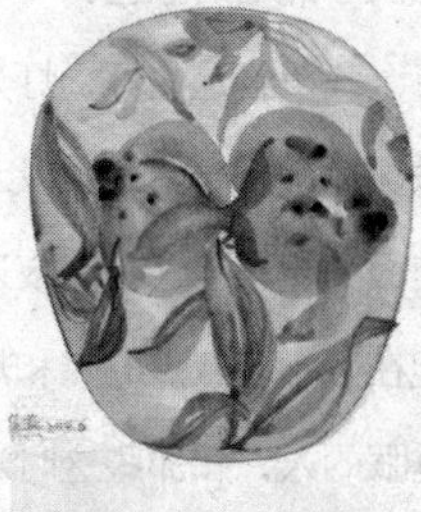

福寿多多 35×25cm 2014年6月

我半夜从噩梦中惊醒，感觉到窒闷，便起来到廊上去呼吸寒夜的空气。

夜是漆黑的一片，在我的脚下仿佛横着沉睡的大海，但是渐渐地像浪花似的浮起来灰白色的马路。然后夜的黑色逐渐减淡。哪里是山，哪里是房屋，哪里是菜园，我终于分辨出来了。

在右边，傍山建筑的几处平房里射出来几点灯光，它们给我扫淡了黑暗的颜色。

我望着这些灯，灯光带着昏黄色，似乎还在寒气的袭击中微微颤抖。有一两次我以为灯会灭了。但是一转眼昏黄色的光又在前面亮起来。这些深夜还燃着的灯，它们（似乎只有它们）默默地在散布一点点的光和热，不仅给我，而且还给那些寒夜里不能睡眠的人，和那些这时候还在黑暗中摸索的行路人。是的，那边不是起了一阵急促的脚步声吗？谁从城里走回乡下来了？过了一会儿，一个黑影在我眼前晃一下。影子走得极快，好像在跑，又像在溜，我了解这个人急忙赶回家去的心情。那么，我想，在这个人的眼里、心上，前面那些灯光会显得是更明亮，更温暖罢。

我自己也有过这样的经验。只有一点微弱的灯光，就是那一点仿佛随时都会被黑暗扑灭的灯光也可以鼓舞我多走一段长长的路。大片的飞雪飘打在我的脸上，我的皮鞋不时陷在泥泞的土路中，风几次要把我摔倒在污泥里。我似乎走进了一个迷阵，永远找不到出口，看不见路的尽头。但是我始终挺起身子向前迈步，因为我看见了一点豆大的灯光。灯光，不管是哪个人家的灯光，都可以给行人——甚至像我这样的一个异乡人——指路。

这已经是许多年前的事了。我的生活中有过好些大的变化。现在我站在廊上望山脚的灯光，那灯光跟好些年前的灯光不是同样的吗？我看不出一点分别！为什么？我现在不是安安静静地站在自己楼房前面的廊上吗？我并没有在雨中摸夜路。但是看见灯光，我却忽然感到安慰，得到鼓舞。难道是我的心在黑夜里徘徊，它被噩梦引入了迷阵，到这时才找到归路？

我对自己的这个疑问不能够给一个确定的回答。但是我知道我的心渐渐地安定了，呼吸也畅快了许多。我应该感谢这些我不知道姓名的人家的灯光。

他们点灯不是为我，在他们的梦寐中也不会出现我的影子。但是我的心仍然得到了益处。我爱这样的灯光。几盏灯甚或一盏灯的微光固然不能照彻黑暗，可是它也会给寒夜里一些不眠的人带来一点勇气，一点温暖。

孤寂的海上的灯塔挽救了许多船只的沉没，任何航行的船只都可以得到那灯光的指引。哈里希岛上的姐姐为着弟弟点在窗前的长夜孤灯，虽然不曾唤回那个航海远去的弟弟，可是不少捕鱼归来的邻人都得到了它的帮助。

再回溯到远古的年代去。古希腊女教士希洛点燃的火炬照亮了每夜泅过海峡来的利安得尔的眼睛。有一个夜晚暴风雨把火炬弄灭了，让那个勇敢的情人溺死在海里。但是熊熊的火光至今还隐约地亮在我们的眼前，似乎那火炬并没有跟着殉情的古美人永沉海底。

这些灯光都不是为我燃着的，可是连我也分到了它们的一点点恩泽——一点光，一点热。光驱散了我心灵里的黑暗，热促成它的发育。一个朋友说："我们不是单靠吃米活着的。"我自然也是如此。我的心常常在黑暗的海上飘浮，要不是得着灯光的指引，它有一天也会永沉海底。

我想起了另一位友人的故事。他怀着满心难治的伤痛和必死之心，投到江南的一条河里。到了水中，他听见一声叫喊（“救人啊！”），看见一点灯光，模糊中他还听见一阵喧闹，以后便失去知觉。醒过来时他发觉自己躺在一个陌生人的家中，桌上一盏油灯，眼前几张诚恳、亲切的脸。“这人间毕竟还有温暖”，他感激地想着，从此他改变了生活态度。“绝望”没有了，“悲观”消失了，他成了一个热爱生命的积极的人。这已经是二三十年前的事了。我最近还见到这位朋友。那一点灯光居然鼓舞一个出门求死的人多活了这许多年，而且使他到现在还活得健壮。我没有跟他重谈起灯光的话。但是我想，那一点微光一定还在他的心灵中摇晃。

在这人间，灯光是不会灭的——我想着，想着，不觉对着山那边微笑了。

tí bǐ yǐ qián

提笔以前

zěnyàng ānfàng nǐ zì jǐ

怎样安放你自己？

冰心

文字原是抒述感情的，

它既有了这不可抵抗的力量，

与我们以不可过抑的感情，

文字是要受它的造就的，

拒绝它不如利用它。

富贵宝蓝 80×100cm 2003年 布面油彩

一个人的作品，和他的环境是有关系的，人人都知道，不必多说。

不但是宽广的环境，就是最近的环境——就是在他写这作品的时候，所在的地方，所接触的境物——也更有极大的关系的，作品常被四围空气所支配，所左右，有时更能变换一篇文字中的布局，使快乐的起头，成为凄凉的收束；凄凉的起头，成为快乐的收束，真使人消灭了意志的自由呵！

坚定自己的意志么？拒绝它的暗示么？——不必，文字原是抒述感情的，它既有了这不可抵抗的力量，与我们以不可过抑的感情，文字是要受它的造就的，拒绝它不如利用它。

怎样利用它呢？就是提笔以前，你要怎样安放你自己。这样，一篇文字的布局，约略定了，不妨先放在一边，深沉的思想，等到雨夜再整理组织它；散漫的思想，等到月夜再整理组织它——其余类推——环境要帮助你，成就了一篇满含着天籁人籁的文字。

也有的时候，意思是有了，自己不能起头，不能收尾，也不知道是应当要怎样的环境的帮助，也可以索性抛掷自己到无论何种的环境里去——就是不必与预拟的文字，有丝毫的关系，只要这环境是美的，——环境要自然而然的渐渐的来融化你，帮助你成了一篇满含着天籁人籁的文字，环境是有权能的，要利用它，就不可不选择它，怎样选择，就在乎你自己了。

是山中的清晨么？是海面的黄昏么？是声沉意寂的殿宇么？是夜肃人散的剧场么？——都在乎你自己要怎样安放你自己！

（本篇最初发表于1921年8月《燕京大学季刊》第二卷第一二期，署名婉莹。）

lǚ xíng
旅 行

梁实秋

真正理想的伴侣是不易得的，客厅里的好朋友不见得即是旅行的好伴侣。

富贵吉祥之五 100×80cm 2011年

我们中国人是最怕旅行的一个民族。闹饥荒的时候都不肯轻易逃荒，宁愿在家乡吃青草啃树皮吞观音土，生怕离乡背井之后，在旅行中流为饿莩，失掉最后的权益——寿终正寝。至于席丰履厚的人更不愿轻举妄动，墙上挂一张图画，看看就可以当“卧游”，所谓“一动不如一静”。说穿了“太阳下没有新鲜事物”。号称山川形胜，还不是几堆石头一汪子水？

我记得做小学生的时候，郊外踏青，是一桩心跳的事，多早就筹备，起个大早，排成队伍，擎着校旗，鼓乐前导，事后下星期还得作一篇《远足记》，才算功德圆满。旅行一次是如此的庄严！我的外祖母，一生住在杭州城内，八十多岁，没有逛过一次西湖，最后总算去了一次，但是自己不能行走，抬到了西湖，就没有再回来——葬在湖边山上。

古人云，“一生能着几两屐？”这是劝人及时行乐，莫怕多费几双鞋。但是旅行果然是一桩乐事吗？其中是否含着有多少苦恼的成分呢？

出门要带行李，那一个几十斤重的五花大绑的铺盖卷儿便是旅行者的第一道难关。要捆得紧，要捆得俏，要四四方方，要见棱见角，与稀松露馅的大包袱要迥异其趣，这已经就不是一个手无缚鸡之力的人所能胜任的了。关卡上偏有好奇人要打开看看，看完之后便很难得再复原。“乘兴而来，兴尽而返。”很多人在打完铺盖卷儿之后就觉得游兴已尽了。在某些国度里，旅行是不需要携带铺盖的，好像凡是有床的地方就有被褥，有被褥的地方就有随时洗换的被单，——旅客可以无牵无挂，不必像蜗牛似的顶着安身的家伙走路。携带铺盖究竟还容易办得到，但是没听说过带着床旅行的，天下的床很少没有臭虫设备的。我很怀疑一个人于整夜输血之后，第二天还有多少精神游山逛水。我有一个朋友发明了一种服装，按着他的头躯四肢的尺寸做了一件天衣无缝的睡衣，人钻在睡衣里面，只留眼前两个窟窿，和外界完全隔绝，——只是那样子有些像是KKK，夜晚出来曾经几乎吓死一个人！原始的交通工具，并不足为旅客之苦。我觉得“滑竿”“架子车”都比飞机有趣。“御风而行，泠然善也”，那是神仙生涯。在尘世旅行，还是以脚能着地为原则。我们要看朵朵的白云，但并不想在云隙里钻出钻进；我们要“横看成岭侧成峰，远近高低各不同”，但并不想把世界缩小成假山石一般玩物似的来欣赏。我惋惜米尔顿所称述的中土有“挂帆之车”尚不曾坐过。交通工具之原始不是病，病在于舟车之不易得，车夫舟子之不易缠，“衣帽自看”固不待言，还要提防青纱帐起。刘伶“死便埋我”，也不是准备横死。

旅行虽然夹杂着苦恼，究竟有很大的乐趣在。旅行是一种逃避，——逃避人间的丑恶。“大隐藏人海”，我们不是大隐，在人海里藏不住。岂但人海里安不得身？在家园也不容易遁迹。成年的圈在四合房里，不必仰屋就要兴叹；成年的看着家里的那一张脸，不必牛衣也要对泣。家里面所能看见的那一块青天，只有那么一大块。取之不尽用之不竭的清风明月，在家里都不能充分享用，要放风筝需要举着竹竿爬上房脊，要看日升月落需要左右邻居没有遮拦。走在街上，熙熙攘攘，磕头碰脑的不是人面兽，就是可怜虫。在这种情形之下，我们虽无勇气披发入山，至少为什么不带着一把牙刷捆起铺盖出去旅行几天呢？在旅行中，少不了风吹雨打，然后倦飞知还，觉得“在家千日好，出门一时难”，这样便可以把那不可容忍的家变成为暂时可以容忍的了。下次忍耐不住的时候，再出去旅行一次。如此的折腾几回，这一生也就差不多了。

旅行中没有不感觉枯寂的，枯寂也是一种趣味。哈兹利特（Hazlitt）主张在旅行时不要伴侣，因为："如果你说路那边的一片豆田有股香味，你的伴侣也许闻不见。如果你指着远处的一件东西，你的伴侣也许是近视的，还得戴上眼镜看。"一个不合意的伴侣，当然是累赘。但是人是个奇怪的动物，人太多了嫌闹，没人陪着嫌闷。耳边嘈杂怕吵，整天咕嘟着嘴又怕口臭。旅行是享受清福的时候，但是也还想拉上个伴。只有神仙和野兽才受得住孤独。在社会里我们觉得面目可憎、语言无味的人居多，避之唯恐或晚，在大自然里又觉得人与人之间是亲切的。到美国落矶山上旅行过的人告诉我，在山上若是遇见另一个旅客，不分男女老幼，一律脱帽招呼，寒暄一两句。还是很有意味的一个习惯。大概只有在旷野里我们才容易感觉到人与人是属于一门一类的动物，平常我们太注意人与人的差别了。

真正理想的伴侣是不易得的，客厅里的好朋友不见得即是旅行的好伴侣，理想的伴侣须具备许多条件，不能太脏，如嵇叔夜"头面常一月十五日不洗，不太闷痒不能沐"，也不能有洁癖，什么东西都要用火酒揩，不能如泥塑木雕，如死鱼之不张嘴，也不能终日喋喋不休，整夜鼾声不已，不能油头滑脑，也不能蠢头呆脑，要有说有笑，有动有静，静时能一声不响的陪着你看行云，听夜雨，动时能在草地上打滚像一条活鱼！这样的伴侣哪里去找？

lùn zì jǐ

论自己

朱自清

看得远，想得开，把得稳；自己是世界的时代的一环，别脱了节才真算好。

花开富贵之二 40×40cm 2015年

翻开辞典，“自”字下排列着数目可观的成语，这些“自”字多指自己而言。这中间包括着一大堆哲学，一大堆道德，一大堆诗文和废话，一大堆人，一大堆我，一大堆悲喜剧。自己“真乃天下第一英雄好汉”，有这么些可说的，值得说值不得说的！难怪纽约电话公司研究电话里最常用的字，在五百次通话中会发现三千九百九十次的“我”。这“我”

字便是自己称自己的声音，自己给自己的名儿。

自爱自怜！真是天下第一英雄好汉也难免的，何况区区寻常人！冷眼看去，也许只觉得那托自尊大狂妄得可笑；可是这只见了真理的一半儿。掉过脸儿来，自爱自怜确也有不得不自爱自怜的。幼小时候有父母爱怜你，特别是有母亲爱怜你。到了长大成人，“娶了媳妇儿忘了娘”，娘这样看时就不必再爱怜你，至少不必再像当年那样爱怜你。——女的呢，“嫁出门的女儿，泼出门的水”；做母亲的虽然未必这样看，可是形格势禁而且鞭长莫及，就是爱怜得着，也只算找补点罢了。爱人该爱怜你？然而爱人们的嘴一例是甜蜜的，谁能说“你泥中有我，我泥中有你！”真有那么回事儿？赶到爱人变了太太，再生了孩子，你算成了家，太太得管家管孩子，更不能一心儿爱怜你。你有时候会病，“久病床前无孝子”，太太怕也够倦的，够烦的。住医院？好，假如有运气住到像当年北平协和医院样的医院里去，倒是比家里强得多。但是护士们看护你，是服务，是工作；也许夹上点儿爱怜在里头，那是“好生之德”，不是爱怜你，是爱怜“人类”。——你又不能老待在家里，一离开家，怎么着也算“作客”；那时候更没有爱怜你的。可以有朋友招呼你；但朋友有朋友的事儿，哪能教他将心常放在你身上？可以有属员或仆役伺候你，那——说得上是爱怜么？总而言之，天下第一爱怜自己的，只有自己；自爱自怜的道理就在这儿。

再说，“大丈夫不受人怜。”穷有穷干，苦有苦干；世界那么大，凭自己的身手，哪儿就打不开一条路？何必老是向人愁眉苦脸唉声叹气的！愁眉苦脸不顺耳，别人会来爱怜你？自己免不了伤心的事儿，咬紧牙关忍着，等些日子，等些年月，会平静下去的。说说也无妨，只别不拣时候不看地方老是向人叨叨，叨叨得谁也不耐烦的岔开你或者躲开你。也别怨天怨地将一大堆感叹的句子向人身上扔过去。你怨的是天地，倒碍不着别人，只怕别人奇怪你的火气怎么这样大。——自己也免不了吃别人的亏。值不得计较的，不做声吞下肚去。出入大的想法子复仇，力量不够，卧薪尝胆的准备着。可别这儿那儿尽嚷嚷——嚷嚷完了一扔开，倒便宜了那欺负你的人。“好汉胳膊折了往袖子里藏”，为的是不在人面前露怯相，要人爱怜这“苦人儿”似的，这是要强，不是装。说也怪，不受人怜的人倒是能得人怜的人；要强的人总是最能自爱自怜的人。

大丈夫也罢，小丈夫也罢，自己其实是渺乎其小的，整个儿人类只是一个小圆球上一些碳水化合物，像现代一位哲学家说的，别提一个人的自己了。庄子所谓马体一毛，其实还是放大了看的。英国有一家报纸登过一幅漫画，画着一个人，仿佛在一间铺子里，周遭陈列着从他身体里分析出来的各种原素，每种标明分量和价目，总数是五先令——那时合七元钱。现在物价涨了，怕要合国币一千元了罢？然而，个人的自己也就值区区这一千元儿！自己这般渺小，不自爱自怜着点又怎么着！然而，“顶天立地”的是自己，“天地与我并生，万物与我为一”的也是自己；

有你说这些大处只是好听的话语，好看的文句？你能愣说这样的自己没有！有这么的自己，岂不更值得自爱自怜的？再说自己的扩大，在一个寻常人的生活里也可见出。且先从小处看。小孩子就爱搜集各国的邮票，正是在扩大自己的世界。从前有人劝学世界语，说是可以和各国人通信。你觉得这话幼稚可笑？可是这未尝不是扩大自己的一个方向。再说这回抗战，许多人都走过了若干地方，增长了若干阅历。特别是青年人身上，你一眼就看出来，他们是和抗战前不同了，他们的自己扩大了。——这样看，自己的小，自己的大，自己的由小而大。在自己都是好的。

自己都觉得自己好，不错；可是自己的确也都爱好。做官的都爱做好官，不过往往只知道爱做自己家里人的好官，自己亲戚朋友的好官；这种好官往往是自己国家的贪官污吏。做盗贼的也都爱做好盗贼——好喽啰，好伙伴，好头儿，可都只在贼窝里。有大好，有小好，有好得这样坏。自己关闭在自己的丁点大的世界里，往往越爱好越坏。所以非扩大自己不可。但是扩大自己得一圈儿一圈儿的，得充实，得踏实。别像肥皂泡儿，一大就裂。“大丈夫能屈能伸”，该屈的得屈点儿，别只顾伸出自己去。也得估计自己的力量。力量不够的话，“人一能之，己百之，人十能之，己千之”；得寸是寸，得尺是尺。总之路是有的。看得远，想得开，把得稳；自己是世界的时代的一环，别脱了节才真算好。力量怎样微弱，可是是自己的。相信自己，靠自己，随时随地尽自己的一份儿往最好里做去，让自己活得有意思，一时一刻一分一秒都有意思。这么着，自爱自怜才真是有道理的。